ARSÈNE LUPIN

MAURICE LEBLANC

AGÊNCIA BARNETT E ASSOCIADOS

AS NOVAS AVENTURAS DE ARSÈNE LUPIN

Tradução
Luciene Ribeiro
dos Santos

Esta é uma publicação Principis, selo exclusivo da Ciranda Cultural
© 2021 Ciranda Cultural Editora e Distribuidora Ltda.

Traduzido do original em francês
L'Agence Barnett et Cie

Texto
Maurice Leblanc

Tradução
Luciene Ribeiro dos Santos

Revisão
Claudia Deliberai Andreoli

Produção editorial
Ciranda Cultural

Diagramação
Linea Editora

Design de capa
Ciranda Cultural

Imagens
vladiwelt/shutterstock.com;
DGIM studio/shutterstock.com;
alex74/shutterstock.com;
YurkaImmortal/shutterstock.com;
Oleg Lytvynenko/shutterstock.com

Dados Internacionais de Catalogação na Publicação (CIP) de acordo com ISBD

L445a   Leblanc, Maurice

          Agência Barnett e associados – as novas aventuras de Arsène Lupin / Maurice Leblanc ; traduzido por Luciene Ribeiro dos Santos. - Jandira : Principis, 2021.
          160 p. ; 15,5cm x 22,6cm. - (Clássicos da literatura mundial)

          Tradução de: L'Agence Barnett et Cie
          ISBN: 978-65-5552-444-4

          1. Literatura francesa. I. Santos, Luciene Ribeiro dos. II. Título. III. Série.

2021-1346   CDD 840
                                                            CDU 821.133.1

Elaborado por Vagner Rodolfo da Silva - CRB-8/9410

Índice para catálogo sistemático:
1. Literatura francesa 840
2. Literatura francesa 821.133.1

1ª edição em 2021
www.cirandacultural.com.br
Todos os direitos reservados.
Nenhuma parte desta publicação pode ser reproduzida, arquivada em sistema de busca ou transmitida por qualquer meio, seja ele eletrônico, fotocópia, gravação ou outros, sem prévia autorização do detentor dos direitos, e não pode circular encadernada ou encapada de maneira distinta daquela em que foi publicada, ou sem que as mesmas condições sejam impostas aos compradores subsequentes.

SUMÁRIO

A César o que é de César...7

Gotas que caem..9
A carta de amor do rei George 30
O jogo de bacará..47
O homem com dentes de ouro 64
As doze *Africanas* de Béchoux......................................81
Milagres acontecem.. 101
Luvas brancas, polainas brancas.................................. 122
Béchoux prende Jim Barnett.. 144

A CÉSAR O QUE É DE CÉSAR...

Eis a história de alguns dos casos que, nos anos anteriores à guerra, despertavam a opinião pública, tanto mais porque só eram conhecidos por fragmentos e relatos contraditórios. Quem era esse curioso personagem chamado Jim Barnett, que sempre estava envolvido da forma mais divertida nas aventuras mais fantasiosas? O que se passava naquela misteriosa agência privada, Barnett e Associados, que parecia atrair clientes apenas para roubá-los com mais segurança?

Agora que as circunstâncias permitem que o problema seja exposto em pormenores e esclarecido com total certeza, apressemo-nos em dar a César o que é de César, e a atribuir os erros de Jim Barnett àquele que os cometeu, ou seja, ao incorrigível Arsène Lupin. E como ele se portou mal...

GOTAS QUE CAEM

Na recepção do vasto hotel de propriedade da baronesa Assermann, no Faubourg Saint-Germain, soou uma sineta. A camareira chegou quase de imediato, trazendo um envelope.

– Já chegou o cavalheiro que a madame aguardava às quatro horas.

A sra. Assermann abriu o envelope e leu estas palavras impressas em um cartão:

BARNETT E ASSOCIADOS
ATENDIMENTO GRATUITO

– Levem este cavalheiro aos seus aposentos.

Valérie – a bela Valérie, como ela era chamada há mais de trinta anos, infelizmente! – era uma pessoa intensa, madura, que andava ricamente vestida, cuidadosamente elaborada, e tinha conservado consigo grandes pretensões. O seu rosto expressava orgulho, por vezes dureza, com frequência uma certa candura que não era sem encanto. Era a esposa do banqueiro Assermann, e orgulhava-se do seu luxo, das suas relações, do seu hotel, e em geral de tudo o que lhe dizia respeito. A crônica social a censurava por certos assuntos um tanto escandalosos. Especulava-se que o seu marido tinha pedido o divórcio.

Ela visitou primeiro os aposentos do barão Assermann, um homem idoso de saúde precária, que estava confinado à cama devido a ataques cardíacos, havia semanas. Ela perguntou pelas novidades, ajeitando as almofadas nas suas costas de forma distraída. Ele murmurou:

– Não tocaram a campainha?

– Sim – disse ela. – É o detetive que foi recomendado para o nosso caso. Alguém bastante notável, ao que parece.

– Ótimo – disse o banqueiro. – Essa história está me incomodando, e por mais que eu tente entendê-la, não consigo.

Valérie, que também parecia preocupada, deixou-o e foi para os seus aposentos. Deparou-se com um indivíduo bizarro, de porte atlético, ombros quadrados, sólido na aparência, mas vestido com um casaco preto, meio esverdeado, cujo tecido brilhava como a seda de um guarda-chuva. A figura, enérgica e ricamente esculpida, era jovem, mas danificada por uma pele rugosa, vermelha, que parecia mais um tijolo. Os olhos frios e sem brilho, por trás de um monóculo que ele usava indistintamente no olho direito ou no esquerdo, foram animados por uma alegria juvenil.

– Sr. Barnett? – disse ela.

Ele se inclinou sobre ela, e antes que ela pudesse retirar a mão, beijou-a com um gesto arredondado seguido de um estalido imperceptível da língua, como se apreciasse o sabor perfumado daquela mão.

– Jim Barnett, ao seu serviço, baronesa. Recebi a sua carta, e mal tive tempo de escovar o meu casaco…

Contrariada, ela teve ímpetos de expulsar o intruso. Mas ele demonstrava uma tal casualidade, como um grande senhor que conhece o código de cortesia mundana, que ela só conseguiu pronunciar:

– Disseram-me que estão habituados a resolver assuntos complicados…

Ele sorriu com um ar de vanglória:

— É um dom que eu possuo, o dom de ver com clareza e compreensão.

A sua voz era suave, o tom imperioso, e toda a sua atitude era de ironia silenciosa e leve irreverência. Parecia tão seguro de si e dos seus talentos que não se podia escapar à sua própria convicção, e a própria Valérie sentia que já estava sob a influência desse estranho, um vulgar detetive, chefe de uma agência privada. Desesperada para retomar as rédeas da situação, ela insinuou:

— Talvez fosse melhor se estabelecêssemos primeiro entre nós... as condições...

— Totalmente inútil — disse Barnett.

— Mas — ela sorriu por sua vez — o senhor não trabalha pela glória?

— A agência Barnett é totalmente gratuita, senhora baronesa.

Ela parecia perturbada.

— Eu prefiro que o nosso acordo inclua pelo menos algum honorário, alguma recompensa.

— Um cafezinho? — riu ele.

Ela insistiu:

— Não posso, de forma alguma...

— Ter obrigações comigo? Uma mulher bonita nunca é obrigada por ninguém.

E, de imediato, sem dúvida para amenizar a brincadeira rude, ele acrescentou:

— Não tenha medo, baronesa. Quaisquer que sejam os serviços que lhe prestarei, farei com que fiquemos totalmente quites.

O que significaram estas palavras obscuras? O indivíduo tencionava pagar a si próprio? E de que natureza seria o pagamento?

Valérie teve um arrepio de vergonha e corou. Realmente, o sr. Barnett despertava nela uma ansiedade confusa, não muito diferente dos sentimentos que se têm em relação a um ladrão. Ela também pensava... meu Deus, sim... ela pensava, que poderia estar lidando com um galanteador, que tinha escolhido esta forma invulgar de entrar em sua casa. Mas como ela poderia saber? E, em todo o caso, como reagir? Estava intimidada e dominada, ao mesmo tempo confiante e bastante disposta a submeter-se, fosse o que fosse. E assim, quando o detetive a interrogou sobre a razão pela qual ela tinha procurado a agência Barnett, ela falou claramente e sem preâmbulos, pois ele exigia que ela falasse. A explicação não foi longa: o sr. Barnett parecia ter pressa.

– No penúltimo domingo – disse ela – eu tinha reunido alguns amigos para jogar bridge. Fui para a cama bastante cedo e adormeci como de costume. O barulho que me despertou por volta das quatro horas, exatamente quatro e dez da manhã, foi seguido pelo que pareceu o som de uma porta se fechando. Veio do corredor.

– Ou seja, deste corredor? – interrompeu o sr. Barnett.

– Sim, este corredor leva ao meu quarto – o sr. Barnett curvou-se respeitosamente em direção ao quarto –, e a outra extremidade do corredor conduz às escadas traseiras. Não tive medo. Depois de um momento de pausa, eu me levantei.

Nova saudação do sr. Barnett perante a visão da baronesa se levantando da cama.

– Então – disse ele – a senhora se levantou?

– Levantei-me, entrei e acendi a luz. Não havia ninguém, mas aquela pequena vitrine estava caída, com todos os objetos, bibelôs e estatuetas que se encontravam nela, e algumas estavam quebradas. Fui até os aposentos do meu marido, que estava lendo na cama. Ele não tinha ouvido nada. Muito preocupado, ele telefonou ao *maître* do hotel, que imediatamente iniciou as investigações, que foram assumidas pela manhã pelo comissário de polícia.

– E qual foi o resultado? – perguntou o sr. Barnett.

– Aqui está. Sobre a entrada e saída do indivíduo, não há pistas. Como é que ele entrou? Como ele saiu? Um mistério. Mas encontramos, debaixo de um pufe, entre os escombros das bugigangas, um coto de vela e uma chave de fenda, muito suja. Bem, sabíamos que na tarde anterior, um encanador tinha reparado as torneiras do lavatório do meu marido, no seu banheiro.

O patrão foi interrogado e reconheceu a ferramenta e a outra metade da vela foi encontrada na casa dele.

— Portanto, — interrompeu Jim Barnett — temos então uma certeza?

— Sim, mas ela se contradiz por outra certeza, igualmente indiscutível e realmente desconcertante. A investigação provou que o trabalhador tinha tomado o expresso de Bruxelas às seis horas da tarde, e que tinha chegado lá à meia-noite, ou seja, três horas antes do incidente.

— Caramba! E ele voltou para trabalhar?

— Não. Perdemos o seu rastro em Antuérpia, onde ele estava gastando dinheiro como louco.

— E é só isso?

— Absolutamente tudo.

— Quem está acompanhado este caso?

— O inspetor Béchoux.

O sr. Barnett mostrou extrema alegria.

— Béchoux? Ah! Grande Béchoux! Um grande amigo meu, baronesa. Já trabalhamos juntos muitas vezes.

— Foi ele, de fato, que me falou sobre a agência Barnett.

— Provavelmente porque não estava mais conseguindo avançar, certo?

— Exato.

— Grande Béchoux! Como vou ficar feliz por lhe fazer um favor... Bem como para a senhora, madame baronesa, acredite... Especialmente a senhora!

O sr. Barnett foi até a janela, onde se inclinou para a frente e ficou a pensar por alguns momentos. Tamborilou os dedos na janela e assobiou uma pequena melodia de dança. Finalmente voltou à sra. Assermann e disse:

— A opinião de Béchoux e a sua, senhora, é de que houve uma tentativa de roubo, não é verdade?

— Sim, tentativa infrutífera, uma vez que nada foi levado.

— Sejamos francos. De qualquer maneira, esta tentativa tinha um objetivo preciso, e é de suma importância saber qual era. O que seria?

– Não sei – respondeu Valérie, após uma ligeira hesitação.

O detetive sorriu.

– A senhora me permite, baronesa, que eu encolha os meus ombros respeitosamente?

E, sem esperar pela resposta, estendeu um dedo irônico em direção a um dos painéis de tecido que emolduravam o aposento, acima do pilar, e perguntou como se pergunta a uma criança que esconde um objeto:

– O que há debaixo desse pano?

– Nada! – disse ela espantada. – O que isso significa?

O sr. Barnett disse num tom sério:

– Significa que a inspeção mais rápida mostrará que as bordas deste retângulo de tecido estão um pouco gastas, baronesa, e parecem, em alguns lugares, estar separadas da carpintaria por uma fenda e tudo indica que há um cofre escondido.

Valérie estremeceu. Como, com base em pistas tão vagas, o sr. Barnett pôde adivinhar?... Com um movimento brusco ela deslizou o painel indicado. Ela descobriu uma pequena porta de aço e acionou febrilmente os três segredos do cadeado. Uma ansiedade irracional a esmagava. Embora a hipótese fosse impossível, ela se perguntava se o estranho homem não a tinha roubado durante os poucos minutos em que esteve sozinho.

Tirou uma chave do bolso, abriu a porta e sorriu imediatamente com satisfação. Ainda estava ali o único objeto depositado, um magnífico colar de pérolas de três voltas, que ela agarrou rapidamente e desenrolou como uma cascata sobre seu pulso.

O sr. Barnett começou a rir.

– Agora está mais tranquila, baronesa. Oh, esses assaltantes são tão espertos e ousados! Precisa ter cuidado, baronesa, pois é realmente uma peça muito bonita e eu compreendo por que foi roubada.

Ela protestou.

– Mas não houve roubo. Se houve alguma tentativa de roubá-lo, a tentativa falhou.

– Acredita nisso, madame baronesa?

– Sim, acredito! Aqui está ele! Eu o tenho nas minhas mãos! Uma coisa roubada desaparece. E ele está aqui.

Ele retificou pacificamente:

– Temos aqui um colar. Mas tem a certeza de que este é o *seu* colar? Tem certeza de que este tem algum valor?

– Mas, como! – disse ela exasperada. – Não faz nem duas semanas que o meu joalheiro o avaliou em meio milhão.

– Quinze dias... ou seja, cinco dias antes daquela noite... Mas, e no presente? Note que não sei nada... Não o examinei... Simplesmente suponho... E pergunto, a senhora não tem nenhuma suspeita em meio à sua certeza?

Valérie estava atônita. De que suspeita ele falava? Com que propósito? Sentia uma ansiedade crescente e confusa, causada pela insistência realmente dolorosa do seu interlocutor. Entre suas mãos abertas ela pesava a massa de pérolas amontoadas e agora esse volume parecia tornar-se cada vez mais leve. Ela examinou e os seus olhos discerniam cores diferentes, reflexos desconhecidos, uma semelhança chocante, uma perfeição equívoca, todo um conjunto de detalhes perturbadores. Nas sombras de sua mente a verdade começava a brilhar cada vez mais distinta e ameaçadora.

Barnett modulou uma pequena gargalhada de alegria.

– Perfeito! Perfeito! A senhora está quase lá! Está no caminho certo! Apenas um pouco mais de esforço, baronesa, e verá claramente. É tudo tão lógico! O adversário não rouba, mas substitui. Desta forma nada desaparece e, se não fosse aquele maldito barulhinho na janela, tudo teria ficado no escuro e permaneceria desconhecido. A senhora não saberia, até segunda ordem, que o verdadeiro colar tinha desaparecido e que estava a exibir sobre seus brancos ombros um colar de pérolas falsas.

A familiaridade da expressão não a chocou. Ela suspeitava que havia algo mais. O sr. Barnett curvou-se perante ela, e sem dar a ela tempo para respirar, foi diretamente ao ponto e articulou:

– Portanto, o primeiro ponto é claro: o colar desapareceu. Não vamos parar por aqui. Agora que já sabemos o que foi roubado, vamos descobrir, baronesa, quem roubou. Esta é a lógica de uma investigação bem conduzida. Assim que conhecermos o nosso ladrão, estaremos muito perto de reaver o objeto do seu roubo... terceiro passo da nossa colaboração.

Ele acariciava cordialmente as mãos de Valérie.

– Tenha fé, baronesa. Estamos fazendo progressos. E primeiro, se me permite, uma pequena hipótese. Uma excelente hipótese. Suponhamos que o seu marido, embora doente, tenha conseguido arrastar-se do seu quarto para cá naquela noite, munido de uma vela e do instrumento esquecido pelo encanador, e que abriu o cofre, e desajeitadamente derrubou a caixa de vidro, e fugiu para que a senhora não o ouvisse, e então tudo estaria esclarecido! Seria natural, neste caso, haver qualquer vestígio de entrada ou saída! Como seria natural se o cofre tivesse sido aberto sem arrombamento, já que o barão Assermann, ao longo dos anos, quando tinha o doce favor de entrar nos seus aposentos privados, deve ter entrado aqui com a senhora muitas noites, assistiu ao trabalho da fechadura, anotou os cliques e intervalos, contou o número de trancas movimentadas e, pouco a pouco, desta forma, descobriu as três letras do segredo.

A "pequena hipótese", como Jim Barnett a chamava, parecia aterrorizar a bela Valérie à medida em que as lembranças se desdobravam perante ela. Poderíamos dizer que ela revivia tudo ao se recordar.

Transtornada, ela gaguejava:

– Você está louco! O meu marido está incapaz... Se alguém veio aqui naquela noite, não pode ter sido ele... Está além de qualquer possibilidade...

Ele insinuou:

– Existia uma cópia do seu colar?

– Sim... Por segurança, ele mandou fazer uma cópia na época da compra, há quatro anos.

– E quem ficava com ela?

– O meu marido – disse ela, muito baixo.

Jim Barnett concluiu alegremente:

– É esta cópia que a senhora tem entre as mãos! É ela que substituiu suas pérolas verdadeiras. As outras, as verdadeiras, ele levou. Por que razão? Uma vez que a fortuna do barão Assermann o coloca acima de qualquer acusação de roubo, será que devemos considerar motivos de natureza íntima?... Vingança?... Uma necessidade de atormentar, prejudicar, talvez punir? Uma jovem bonita pode cometer certas imprudências bastante legítimas, mas que um marido julga com alguma severidade... Desculpe-me, baronesa. Não compete a mim entrar nos segredos de seu casamento, mas apenas procurar, junto com a senhora, onde está o seu colar.

– Não! – gritou Valérie, com um movimento de recuo – Não! Não!

Ela tinha se fartado subitamente desse agente insuportável que, em poucos minutos de conversa, quase deleitosa em alguns momentos, e de forma contrária a todas as regras de uma entrevista, descobriu com facilidade diabólica todos os mistérios que a envolviam, e lhe mostrava, com um ar zombeteiro, o abismo para onde o destino a atirava. Ela já não queria mais ouvir a sua voz sarcástica:

– Não! – repetiu ela, teimosamente.

Ele fez uma reverência.

– Como desejar, minha senhora. Longe de mim importuná-la. Estou aqui para lhe prestar um serviço, mas nada que a senhora não queira. Além disso, a esta altura, estou certo de que pode dispensar a minha ajuda, especialmente porque o seu marido, como não pode sair, certamente não terá cometido a imprudência de confiar as pérolas a ninguém, e deve tê-las escondido em algum canto do apartamento dele. Com uma pesquisa metódica, elas poderiam ser encontradas. O meu amigo Béchoux parece-me ser o homem certo para esta pequena tarefa profissional. Ah, apenas mais uma coisa. Se precisar de mim, ligue para a agência hoje, entre as nove e dez da noite. Saudações, madame.

Beijou a mão dela novamente, sem que ela se atrevesse a fazer a mínima resistência. Depois saiu com um passo saltitante, balançando os quadris com satisfação. A porta foi fechada imediatamente.

Nessa mesma noite, Valérie mandou chamar o inspetor Béchoux, cuja presença constante no Hotel Assermann era mais que natural, e a busca começou. Béchoux, um estimado policial, aluno do famoso Ganimard, e que trabalhava de acordo com os métodos tradicionais, dividiu a sala, o banheiro e o escritório privado em setores, que ele visitou um de cada vez.

Um colar com três voltas de pérolas é um volume que não pode ser escondido, especialmente de pessoas do ofício como ele. No entanto, após oito dias de esforço incansável, e às noites também, quando o barão Assermann tinha o hábito de tomar soporíferos, após ter explorado até a cama e debaixo da cama, o inspetor Béchoux ficou desanimado. O colar não podia estar no hotel.

Apesar de suas repugnâncias, Valérie pensou em retomar o contato com a agência Barnett e pedir ajuda ao sujeito insuportável. Que importava se ele lhe beijasse a mão e a chamasse de "querida baronesa", se ele fosse bem sucedido?

Mas um acontecimento, já anunciado, mas que ninguém acreditava que estaria tão próximo, mudou os rumos da situação. Num belo final de tarde, ela foi chamada às pressas: o seu marido tinha caído em uma crise preocupante. Prostrado em um divã, no vestíbulo do banheiro, ele estava a sufocar. O seu rosto em agonia mostrava um sofrimento atroz.

Assustada, Valérie telefonou para o médico. O barão sussurrava:

– Tarde demais… tarde demais…

– Mas não – disse ela –, eu juro que tudo vai ficar bem.

Ele tentou se levantar.

– Uma bebida… – pediu ele, enquanto titubeava em direção ao banheiro.

– Mas tem água no jarro, meu amor.

– Não… não… não dessa água…

– Por que este capricho?

– Eu quero beber outra água… esta…

Ele caiu para trás, sem forças. Ela abriu rapidamente a torneira no lavatório que ele apontou, depois foi buscar um copo que ela encheu e que, finalmente, ele também se recusou a beber.

Seguiu-se um longo silêncio. A água fluía suavemente. O rosto do moribundo se crispava.

Ele sinalizou que tinha algo a dizer. Ela se inclinou. Mas ele temia que os criados ouvissem, pois ordenou:

– Mais perto... mais perto...

Ela hesitou, como se temesse as palavras que ele iria dizer. O olhar do seu marido era tão imperioso que ela caiu de repente de joelhos, e quase colou a orelha contra ele. As palavras sussurradas eram incoerentes e seu significado ela apenas podia adivinhar.

– As pérolas... o colar... Você precisa saber, antes que eu me vá... Veja só... você nunca me amou... Você se casou comigo... por causa da minha fortuna...

Ela protestou, indignada, contra uma acusação tão cruel nessa hora solene. Mas ele tinha agarrado o pulso dela, e reiterou, confuso, com uma voz de delírio:

– ... por causa da minha fortuna, e você me provou isso com a sua conduta... Você não foi uma boa esposa, e é por isso que eu queria te castigar. Neste exato momento, eu ainda estou te punindo... E sinto uma alegria terrível... Mas é assim que deve ser... e aceito a morte porque as pérolas estão desaparecendo... Não as ouve caindo, indo em direção à correnteza? Ah! Valérie, que castigo!... as gotas que caem... as gotas que caem...

Já não tinha forças. Os criados levaram-no para a sua cama. Logo o médico chegou, e vieram também dois primos velhos que tinham sido avisados, e que não arredaram pé do quarto. Pareciam atentos aos mais pequenos gestos de Valérie, e prontos a defender as gavetas e cômodas contra qualquer ataque.

A agonia foi longa. O barão Assermann morreu nas primeiras horas da manhã, sem dizer mais uma palavra. A pedido dos dois primos, todo o mobiliário da sala foi selado. E as longas horas de luto começaram.

Dois dias depois, após o funeral, Valérie recebeu a visita do advogado do seu marido, que pediu uma reunião especial.

Ele mantinha uma expressão grave e angustiada, e disse de imediato:

– A tarefa que tenho de realizar é uma tarefa difícil, baronesa, e gostaria de realiza-la o mais rapidamente possível, ao mesmo tempo que lhe asseguro antecipadamente que não aprovo nem posso aprovar o que foi feito em seu prejuízo. Mas deparei-me com uma vontade inflexível. Sabia como o sr. Assermann era obstinado, e apesar dos meus esforços...

– Peço-lhe, senhor, explique-se logo – implorou Valérie.

– Aqui está, baronesa. Aqui está. Tenho em minhas mãos um primeiro testamento do sr. Assermann datado de há cerca de vinte anos, que a designava como legatária universal e única herdeira. Mas devo dizer que, no mês passado, ele disse-me que tinha feito outro, pelo qual deixou toda a sua fortuna aos seus dois primos.

– E o senhor tem este outro testamento?

– Depois de lê-lo para mim, ele o trancou nesta secretária. Ele queria que fosse lido apenas uma semana após a sua morte. Os selos não podem ser abertos até essa data.

A baronesa Assermann então compreendeu por que o seu marido a tinha aconselhado, alguns anos antes, após violentos desentendimentos entre eles, a vender todas as suas joias e a comprar, com esse dinheiro, um colar de pérolas. Sendo o colar falso, e estando Valérie deserdada e sem fortuna, ela ficou sem recursos.

Na véspera do dia fixado para a abertura dos selos, um carro parou em frente a uma modesta loja na rua de Laborde, que trazia esta inscrição:

A BARNETT E ASSOCIADOS ESTÁ
ABERTA DAS DUAS ÀS TRÊS HORAS
ATENDIMENTO GRATUITO

Uma senhora em grande luto desceu e bateu à porta.

– Entre – alguém gritou de dentro.

Ela entrou.

– Quem está aí? – disse uma voz que ela reconheceu, vinda de uma sala nos fundos, separada da agência por uma cortina.

– É a baronesa Assermann – disse ela.

– Ah! minhas desculpas, baronesa. Sente-se, por favor. Estou chegando.

Valérie Assermann esperou, enquanto examinava o escritório. Era de um aspecto bem simples: uma mesa, duas velhas poltronas, paredes vazias, sem arquivos, sem qualquer papelada. Um telefone era o único ornamento e o único instrumento de trabalho. Dentro de um cinzeiro, porém, havia pedaços de charutos caros, e por toda a sala um cheiro fino e delicado.

A cortina ao fundo se ergueu, e Jim Barnett surgiu, alerta e sorridente. O mesmo casaco, um nó de gravata apertado, e por sinal mal apertado. O mesmo monóculo, pendente de um cordão preto.

Correu para uma de suas mãos e beijou a sua luva.

– Como vai, baronesa? É um verdadeiro prazer para mim... Mas, o que é isso? Está de luto? Nada de grave, espero eu? Oh, meu Deus, como sou tonto! Eu me lembro... o barão Assermann, não é? Que catástrofe! Um homem tão encantador, que te amava tanto! E então, onde estávamos?

Tirou um pequeno caderno do seu bolso e começou a folheá-lo.

– baronesa Assermann... Perfeito... Eu me lembro... Pérolas falsas. Marido ladrão... Mulher bonita... Mulher muito bonita... Vai me telefonar... Bem, cara senhora, – concluiu ele com crescente familiaridade – ainda estou à espera desse telefonema.

Novamente desta vez, Valérie ficou perplexa com a personagem. Sem querer se passar por uma mulher que está triste com a morte do marido, ela ainda tinha sentimentos dolorosos, aos quais se juntavam a angústia do futuro e o horror da miséria. Ela tinha acabado de passar uma quinzena terrível, com visões de ruína e angústia, com pesadelos, remorsos, pavor e desespero, cujos vestígios eram difíceis de distinguir em seu rosto envelhecido... E agora encontrava-se cara a cara com um homem jovem, alegre, lúcido e agitado que não parecia compreender a situação.

Para dar o tom adequado à entrevista, relatou os acontecimentos com grande dignidade e, evitando recriminar o seu marido, repetiu as declarações do tabelião.

– Perfeito! Muito bem! – disse o detetive, com um riso de aprovação. – Perfeito! Tudo se encaixa admiravelmente. É um prazer ver a dimensão em que este emocionante drama se desenrola!

– Um prazer? – questionou Valérie, cada vez mais consternada.

– Sim, um prazer que o meu amigo inspetor Béchoux deve ter sentido profundamente... Pois suponho que ele tenha explicado?

– O quê?

– Como, o quê? O cerne da trama, a peça-chave! Não é engraçado? Como Béchoux deve ter rido!

Jim Barnett ria muito, ria de todo o coração.

– Ah, o truque do lavatório! Essa foi boa! Novela, em vez de drama, a propósito! Mas como foi bem arquitetado! Logo de cara eu adivinhei o truque, e quando a senhora me falou sobre um encanador, vi imediatamente a ligação entre o conserto do lavatório e os planos do barão Assermann. Eu disse a mim mesmo: *"Mas, por Deus, está tudo aí! Ao mesmo tempo que o barão planejava a substituição do colar, ele já tinha um bom esconderijo para as verdadeiras pérolas!"* Pois, para ele, isso era o principal, não era? Se ele apenas tivesse furtado as pérolas, e as tivesse atirado ao Sena como um pacote sem valor, teria sido apenas meia vingança. Para que esta vingança fosse completa, total, magnífica, era necessário que ele mantivesse as pérolas ao seu alcance, e que as ocultasse, portanto, em esconderijo próximo e verdadeiramente inacessível. E foi o que ele fez.

Jim Barnett divertia-se muito e continuou com uma gargalhada:

– Foi o que ele fez, foram as instruções que ele deu, e posso até ouvir o diálogo entre o camarada encanador e o banqueiro:

Diga, amigo, está vendo aquele cano de esgoto, debaixo do meu lavatório? Ele desce até o rodapé e sai do meu gabinete, quase insensivelmente inclinado, não é mesmo? Bem, você vai diminuir essa inclinação, e vai erguer o cano aqui neste canto escuro, para que seja uma espécie de beco sem saída onde algo possa ficar retido, se necessário. Quando a torneira for aberta, a água fluirá para dentro, encherá o beco sem saída e levará o objeto embora. Entendeu, meu amigo? Sim? Então, na lateral do cano, contra a parede, para que não possa ser visto, faça um furo de cerca de um centímetro de diâmetro... Só ali... Ótimo! É isso aí! Agora tampe esse furo com esta rolha de borracha. Está me acompanhando? Perfeito, meu amigo. Só me resta agradecer a você e resolver este pequeno assunto entre nós. Estamos de acordo, certo? Nem uma palavra para ninguém. Silêncio. Aqui está o dinheiro para um bilhete, hoje à noite às seis horas para Bruxelas. E aqui estão três cheques pré-datados, um para cada mês. Em três meses, você estará livre para voltar. Adeus, meu amigo...

– Em seguida, eles apertaram as mãos. E naquela mesma noite, naquela noite, quando a senhora ouviu o barulho em seus aposentos, as pérolas foram substituídas, as verdadeiras foram depositadas no esconderijo preparado, ou seja, no buraco do cano! Agora a senhora entende? Sentindo-se perdido, o barão a chama: *"Um copo de água, por favor. Não, não a água da jarra, mas aquela ali."* A senhora obedece. E esta é a punição, a terrível punição desencadeada por sua própria mão girando a torneira. A água corre, leva as pérolas embora, e o entusiasmado barão murmura: *"Você ouve? elas estão indo embora... eles caem na escuridão".*

A baronesa havia escutado, muda e angustiada e, no entanto, mais do que o horror desta história, na qual todo o rancor e ódio de seu marido eram tão cruelmente revelados, ela se lembrou de algo que emergia dos fatos com uma precisão assustadora.

– Então o senhor sabia? – murmurou ela – sabia a verdade?

– Senhora – disse ele – esse é o meu trabalho.

– E não disse nada!

– Como! Mas foi a senhora, baronesa, que me impediu de dizer o que eu sabia, ou o que estava prestes a saber, e foi a senhora que me despediu, até de uma forma rude. Sou um homem discreto. Eu não insisti. Além disso, a senhora acha que eu não teria verificado?

– E verificou? gaguejou Valérie.

– Só por curiosidade.

– Em que dia?

– Naquela mesma noite.

– Na mesma noite? O senhor conseguiu invadir a casa? Entrou no apartamento? Mas eu não ouvi nada...

– Minha habilidade de agir sem fazer ruídos. O barão Assermann também não ouviu nada... E mesmo assim...

– Mesmo assim?...

– Para ter certeza, ampliei o buraco no cano... sabe... aquele buraco através do qual elas foram introduzidas.

Ela vacilou.

– Então?... Então?... O senhor viu?...

– Eu vi.

– As pérolas?...

– As pérolas estavam lá.

Valérie falava mais baixo, com a voz embargada:

– Então, se elas estavam lá, então o senhor foi capaz de... pegá-las...

Ele confessou ingenuamente:

– Meu Deus, penso que se não fosse eu, Jim Barnett, elas teriam sofrido o destino que o sr. Assermann tinha reservado para elas no dia da sua morte iminente, o destino que ele traçou... lembre-se... *"Elas estão indo embora... elas caem na escuridão... as gotas que caem..."* E a sua vingança teria sido bem sucedida, o que teria sido uma pena. Um colar tão bonito... um artigo de colecionador!

Valérie não era uma mulher que tinha explosões violentas e acessos de raiva, o que perturbava a beleza e a harmonia da sua pessoa. Mas nesta ocasião, foi abalada por uma tal fúria que ela saltou sobre Barnett e tentou agarrá-lo pelo colarinho.

– Isto é um roubo! Você não passa de um aventureiro! Bem que eu desconfiava! Um ladrão! Um *azedo*!

A palavra "azedo" encantou o jovem detetive.

– Azedo! Que encantador... – sussurrou ele.

Mas Valérie ainda não tinha acabado. Tremendo de raiva, ela andava pela sala aos gritos:

– Não vou aceitar isso! Vai devolvê-las para mim, e agora mesmo! Senão, eu irei à polícia!

– Oh, quanta maldade! – exclamou ele. – E como pode uma mulher tão bonita como você ser tão insensível, com este homem que é todo devoção e honestidade!

Ela encolheu os ombros e encomendou:

– O meu colar!

– Mas está aqui, à sua disposição, caramba! Pensa que Jim Barnett rouba as pessoas que lhe dão a honra de usar e abusar dele? O que seria da agência Barnett e Associados, tão popular justamente devido à sua reputação de integridade e desinteresse absoluto? Nem um centavo, não cobro nem um centavo dos clientes. Se eu guardasse as suas pérolas, eu seria um ladrão, um azedo. E eu sou um homem honesto. Aqui está o seu colar, querida baronesa!

Exibiu um saco de pano contendo as pérolas recolhidas e colocou-o sobre a mesa.

Atordoada, a "querida baronesa" agarrou o precioso colar com as mãos trêmulas. Ela não podia acreditar no que seus olhos viam. Seria possível que este sujeito a recompensasse desta forma?

Mas, de repente, temendo que fosse apenas uma boa armadilha, ela correu para a porta, com passos bruscos, e sem o menor agradecimento.

– Mas que pressa! – disse ele, rindo. – Nem sequer vai contá-las? Trezentas e quarenta e cinco. Estão todas aí... E desta vez são as verdadeiras...

– Sim, sim... – disse Valérie – Eu sei...

– Tem certeza, não tem? São essas que o seu joalheiro estimou em quinhentos mil francos?

– Sim... elas mesmas.

– A senhora garante?

– Sim – disse ela claramente.

– Nesse caso, eu as comprarei.

– Vai comprá-las de mim? O que significa isso?

– Significa que, estando sem fortuna, será obrigada a vendê-las. Portanto, mais vale fazer negócio comigo, que te ofereço mais do que qualquer outra pessoa no mundo... vinte vezes o seu valor. Em vez de quinhentos mil francos, ofereço dez milhões. Ah! ah! Veja como a senhora ficou espantada! Dez milhões, isso que é número.

– Dez milhões!

– Exatamente o valor da herança do sr. Assermann.

Valérie estava parada na porta.

– A herança do meu marido! – disse ela. – Não compreendo a ligação... Explique-se!

Jim Barnett modulou suavemente:

– A explicação está em poucas palavras. A senhora tem que escolher: o colar de pérolas ou a herança.

– O colar de pérolas... a herança?... – ela repetia sem compreender.

– Meu Deus, sim. Essa herança, como a senhora me disse, depende de dois testamentos: o primeiro a seu favor, o segundo a favor daqueles dois primos velhos que são tão ricos como a rainha da Inglaterra, e, ao que parece, mais perversos que duas bruxas. Se o segundo testamento não for encontrado é o primeiro que vale.

Ela respondeu com voz abafada:

– Amanhã temos que destrancar a secretária e abrir os selos. O testamento está lá.

– Pode estar... ou pode não estar! – riu Barnett. – Em minha humilde opinião, eu acho que já não está mais lá.

– Será possível?

– Bem possível... quase certeza... Pelo que me lembro, na noite da nossa conversa, depois que investiguei o cano do lavatório, aproveitei a oportunidade para fazer uma pequena visita domiciliar ao seu marido. Ele estava dormindo tão bem!

– E você pegou o testamento? – disse ela, tremendo.

– Eu acho que sim. São esses garranchos, não são?

Ele desdobrou uma folha de papel selado, na qual ela reconheceu a caligrafia do sr. Assermann, e pôde ler estas frases:

Eu, Leon Joseph Assermann, abaixo assinado, banqueiro, diante de certos fatos que ela nunca vai esquecer, declaro que a minha mulher não poderá fazer a mínima reivindicação sobre a minha fortuna, e que...

Ela não terminou. A sua voz ficou engasgada. Ela caiu de novo na cadeira, gaguejando:

– Você roubou o papel!... Eu não quero ser cúmplice!... Os desejos do meu pobre marido devem ser realizados!... Tenho que cumpri-los!

Jim Barnett fez um movimento de entusiasmo:

– Ah! Muito bonito o que está fazendo, cara amiga! O dever está presente no sacrifício, e eu aprovo inteiramente, especialmente porque é um dever muito difícil. Mas, vejamos: estes dois velhos primos são indignos de qualquer interesse, e a senhora mesma está se sacrificando aos rancores mesquinhos de sr. Assermann. Por quê? Por causa de alguns pecadinhos da juventude, aceita tal injustiça? A bela Valérie será privada do luxo a que tem direito, e reduzida a uma grande miséria? Peço-lhe que reflita, baronesa. Pondere cuidadosamente a sua decisão, e compreenda toda a sua importância. Se escolher o colar, ou seja, para que não haja mal-entendidos entre nós, *se este colar sair desta sala*, o tabelião, receberá este segundo testamento amanhã, e a senhora será deserdada.

– Se não…?

– Caso contrário, ninguém fica sabendo, nada de segundo, e a senhora herda tudo. Dez milhões na conta, graças ao Jim.

A voz era sarcástica. Valérie sentia-se uma refém, agarrada pela garganta, inerte como uma presa nas mãos desse sujeito infernal. Não seria possível qualquer resistência. Caso ela não desistisse do colar, o testamento se tornaria público. Com um tal adversário, todos os argumentos seriam em vão. Ele não cederia.

Jim Barnett foi por um momento até a sala dos fundos, que estava escondida por uma cortina, e depois teve a audácia impertinente de voltar, com o rosto coberto de loção. Ele se limpava à medida que ia avançando, como um ator tirando sua maquiagem.

Apareceu assim outra figura, mais jovem, com uma pele fresca e saudável. O nó de gravata malfeito foi trocado por uma gravata da moda. Um casaco bem cortado substituiu o velho casaco brilhante. Ele agia silenciosamente, como um homem que não podia ser denunciado nem traído. Nunca, ele tinha a certeza, Valérie nunca ousaria dizer uma palavra de tudo isso a ninguém, nem mesmo ao inspetor Béchoux. O segredo era inviolável.

Ele inclinou-se para ela e disse com uma gargalhada:

– Acho que agora vê as coisas com mais clareza. Isso é bom! Afinal de contas, quem saberá que a rica sra. Assermann usa um colar falso? Nenhuma das suas amigas. Nenhum dos seus amigos. Assim, a senhora ganha uma batalha dupla, mantendo tanto a sua fortuna legítima como um colar que todos acreditarão ser real. Não é adorável? E a vida não parece novamente encantadora? A boa vida, cheia de acontecimentos, divertida, doce, agradável, onde se pode fazer todas as pequenas loucuras permitidas para a sua idade?

Valérie não tinha no momento o menor desejo de fazer pequenas loucuras. Ela olhou para Jim Barnett com um olhar de ódio e fúria, levantou-se e, ereta, com a dignidade de uma grande senhora que sai incomodada de um salão, foi embora.

Ela deixou o saquinho de pérolas sobre a mesa.

– E isto é o que chamam de mulher honesta – disse Barnett, cruzando os braços com justa indignação. – O marido a deserdou para castigá-la pelas suas artimanhas... e ela ignora os desejos de seu marido! Há um testamento... e ela o esconde! Um tabelião... e ela o faz de bobo! Primos velhos... e ela os rouba! Que abominação! E que belo papel é ser o vingador que castiga, e coloca as coisas no seu verdadeiro lugar!

Rapidamente, Jim Barnett devolveu o colar ao seu devido lugar, ou seja, o fundo de seu bolso. Depois, tendo acabado de se vestir, com o charuto na boca e o monóculo no olho, deixou a Barnett e Associados.

A CARTA DE AMOR DO REI GEORGE

Bateram à porta.

O sr. Barnett, da agência Barnett e Associados, que cochilava em sua poltrona, à espera de clientes, respondeu:

– Entre.

Imediatamente, ao ver o recém-chegado, ele exclamou cordialmente:

– Ah! Inspetor Béchoux! Que simpático da sua parte vir me visitar. Como vai, meu caro amigo?

O inspetor Béchoux contrastava, em traje e maneiras, com o tipo habitual de agente da Sûreté. Ele procurava ser elegante, exagerava nos vincos das suas calças, tinha cuidado com o nó da gravata, e mandava engomar os seus colarinhos falsos. Era pálido, comprido, magro, fraco, mas tinha dois braços enormes, com bíceps salientes, que parecia ter roubado de um campeão de boxe e costurado, o melhor que podia, à sua armação de peso pluma. Ele era muito orgulhoso disso. O seu rosto juvenil tinha um ar de grande satisfação. O seu olhar denunciava inteligência e acuidade.

– Eu estava de passagem – respondeu ele – e pensei, conhecendo os seus hábitos regulares: bem, essa é a hora de folga de Jim Barnett. Que tal uma visita...

– Para me pedir um conselho – terminou Jim Barnett.

– Talvez – admitiu o inspetor, a quem a clarividência de Barnett sempre surpreendeu. No entanto, ele permanecia indeciso, ao que Barnett disse:

– O que é que há? Hoje a consulta parece difícil.

Béchoux bateu na mesa com o seu punho (e a força do seu punho fazia jus à formidável alavanca proporcionada pelo seu braço).

– Bem, sim, eu hesito um pouco. Já por três vezes, Barnett, tivemos ocasião de trabalhar juntos em investigações difíceis: você como detetive privado, eu como inspetor de polícia. E nas três ocasiões, percebi que as pessoas que procuraram a sua ajuda, como por exemplo a baronesa Assermann, cortaram relações com você, com algum ressentimento.

– Como se eu tivesse aproveitado a oportunidade para chantageá-los? – interrompeu Barnett.

– Não... Não quero dizer...

Barnett deu-lhe tapinhas no ombro:

– Inspetor Béchoux, não conhece a fórmula da casa: "atendimento gratuito"? Dou a minha palavra de honra que nunca, ouça bem, nunca pedi um centavo aos meus clientes, e que nunca aceito um centavo deles.

Béchoux respirava mais livremente.

– Obrigado – disse ele. – Compreende que a minha ética profissional só me permite colaborar sob certas condições. Mas, na verdade (desculpe-me por ser indiscreto), de onde vêm os recursos da agência Barnett?

– Sou patrocinado por vários filantropos que desejam permanecer anônimos.

Béchoux não insistiu. E Barnett continuou:

– E então, Béchoux, onde é o problema desta vez?

– Perto de Marly. Trata-se do assassinato de um cidadão, o sr. Vaucherel. Já ouviu falar disso?

– Vagamente.

– Não me surpreende. Os jornais ainda demonstram pouco interesse, embora o caso seja diabolicamente curioso.

– Foi esfaqueado, não é?

– Sim, entre os dois ombros.

– Alguma impressão digital na faca?

– Não. O cabo provavelmente foi envolto em um papel, que foi encontrado em cinzas.

– E sem pistas?

– Nenhuma. Muita bagunça. Móveis derrubados. Também uma gaveta arrombada, mas ainda não se sabe por que foi arrombada, e o que foi levado.

– Em que pé está a investigação?

– Neste momento, o sr. Leboc, um funcionário público aposentado, está sendo confrontado com os três primos Gaudu. Três patifes da pior espécie, ladrões pés-de-chinelo, batedores de carteira. Ambos os lados, sem a mínima prova, acusam-se mutuamente do homicídio. Quer ir de carro? Nada se compara à beleza de um interrogatório.

– Vamos lá.

– Mais uma coisa, Barnett: o sr. Formerie, que está investigando o caso, espera atrair a atenção para si e ganhar uma promoção em Paris. É um magistrado exigente, sensível, que não teria paciência com esse ar zombeteiro que às vezes você demonstra com os representantes da justiça.

– Prometo, Béchoux, que terei por ele a consideração que ele merece.

A meio caminho entre a aldeia de Fontines e a floresta de Marly, no interior da mata que uma faixa de terra separa da floresta, encontra-se uma pequena mansão de um andar, com uma modesta horta, cercada por muros baixos. A "Chaumière" estava habitada, oito dias antes do crime, por um velho livreiro, o sr. Vaucherel, que apenas deixava o seu pequeno reinado de flores e legumes para navegar de vez em quando, nos cais de Paris. Era muito mesquinho, e dizia-se que era rico, embora vivesse muito mal. Não recebia ninguém, exceto o seu amigo, o sr. Leboc, que vivia em Fontines.

A reconstituição do crime e o interrogatório do sr. Leboc já tinham ocorrido, e os magistrados passeavam pelo jardim quando Jim Barnett e o inspetor saíram do carro. Béchoux se apresentou aos oficiais que vigiavam a entrada da "Chaumière", e, seguido por Barnett, encontrou o juiz de instrução e o promotor, que estavam no canto da parede. Os três primos Gaudu começavam o seu depoimento. Eram três caipiras, quase da mesma idade, e não tinham nada de parecidos, além da mesma expressão manhosa e teimosa nos seus rostos completamente diferentes. O mais velho disse:

– Sim, senhor juiz, foi aí que nós chegamos para prestar socorro.

– Vocês vieram de Fontines?

– De Fontines, e quando voltamos do trabalho, às duas horas, estávamos conversando com a dona Denise, aqui perto, à beira do mato, quando os gritos começaram. "Alguém está pedindo ajuda", disse eu, "vem lá da Chaumière". O sr. Vaucherel, você compreende, senhor juiz, era conhecido nosso! Por isso, corremos. Pulamos o muro... Não foi fácil, com aqueles cacos de vidro... E atravessamos o jardim...

– Onde vocês estavam, exatamente no momento em que a porta da casa se abriu?

– Aqui mesmo – disse o Gaudu mais velho, conduzindo o grupo a um canteiro de flores.

– Ou seja, a cinquenta metros do degrau – e o juiz apontou os dois degraus que levavam à varanda. – E foi de lá que vocês viram aparecer...

– O próprio sr. Leboc... Eu o vejo como agora... Ele saía com pressa, como se estivesse fugindo, e quando nos viu, entrou de novo.

– Tem certeza de que era ele?

– Claro! Diante de Deus!

– E vocês também? – o juiz perguntou aos outros dois.

Eles também afirmaram:

– Claro! Diante de Deus!

– Não podem estar enganados?

– Ele vive há cinco anos perto de nós, na saída de Fontines, – disse o mais velho – e eu até levava leite para a casa dele.

O juiz deu ordens. A porta do vestíbulo foi aberta, e de dentro veio um homem de cerca de sessenta anos de idade, vestido de chita marrom, usando um chapéu de palha, com uma cara rosada e sorridente.

– Sr. Leboc! – disseram os três primos ao mesmo tempo.

O promotor se pronunciou, à parte:

– É óbvio que não há nenhuma dúvida, e que os Gaudus não poderiam ter se enganado sobre a identidade do fugitivo, ou seja, do assassino.

– Certamente – disse o juiz. – Mas eles estão dizendo a verdade? Foi realmente o sr. Leboc que eles viram? Vamos continuar.

Todos entraram na casa, em uma grande sala onde as paredes eram forradas de livros. Apenas algumas peças de mobiliário. Uma mesa grande, em que uma das gavetas tinha sido aberta. Um retrato de corpo inteiro e sem moldura do sr. Vaucherel, uma espécie de esboço colorido, como se o artista quisesse retratar especialmente a silhueta. No chão, um manequim representando a vítima.

O juiz continuou:

– Quando vocês chegaram, Gaudus, não voltaram a ver o sr. Leboc?

– Não, ouvimos gritos aqui, e viemos logo para cá.

– Então o sr. Vaucherel estava vivo...

– Não por muito tempo. Ele estava de bruços, com a faca enfiada entre os ombros... Nos ajoelhamos... O pobre homem estava a dizer as últimas palavras...

– O que vocês ouviram?

– Apenas uma coisa... o nome de Leboc, que ele repetiu várias vezes...". Sr. Leboc... Sr. Leboc...". E ele morreu, se contorcendo. Depois corremos para todo o lado, mas o sr. Leboc tinha desaparecido. Ele deve ter pulado pela janela da cozinha, que estava aberta, e deve ter ido embora pelo pequeno caminho de pedras, que leva direto até o fundo da casa dele... Depois nós três fomos para a delegacia... onde contamos toda a história.

O juiz de instrução fez mais algumas perguntas, pedindo de novo a confirmação da clara acusação que os primos faziam contra o sr. Leboc. Então, voltou-se para ele.

O sr. Leboc tinha escutado, sem interromper, e sua atitude pacífica não foi alterada pela menor indignação. A história dos Gaudus lhe parecia estúpida, e ele não tinha dúvidas de que esta estupidez apareceria perante a justiça. Não se refuta esse tipo de besteira.

– Não tem nada a dizer, Monsieur Leboc?
– Nada de novo.
– Tem certeza?
– Eu mantenho o que o senhor sabe tão bem quanto eu, senhor juiz de instrução, que é a verdade. Todas as pessoas de Fontines que o senhor interrogou, mandou interrogar, responderam a mesma coisa:

O sr. Leboc nunca deixa sua casa durante o dia. Ao meio-dia, eles trazem seu almoço da pousada. De uma às quatro da tarde, ele lê em frente à sua janela e fuma seu cachimbo.

Minha janela estava aberta, e cinco transeuntes – cinco! – me viram, como fazem todas as tardes, pelo portão do meu jardim.

– Eu os convoquei para o final do dia.
– Melhor ainda, eles confirmarão as minhas declarações. E como não tenho o dom da onipresença e não posso estar aqui e em casa ao mesmo tempo, o senhor juiz admitirá que não fui visto saindo da Chaumière, que o meu amigo Vaucherel não conseguiu pronunciar o meu nome quando morreu, e que, em suma, os três Gaudus são malandros abomináveis.
– E contra os quais o senhor está dirigindo a acusação de homicídio, não é?
– Oh, é só um palpite...
– No entanto, há uma senhora, a dona Denise, que estava apanhando lenha, e disse que estava conversando com eles quando os gritos começaram.
– Ela estava com dois deles. Onde estava o terceiro?
– Um pouco para trás.
– Será que ela o viu?

– Ela acha que sim... ela não tem certeza.

– Então, senhor juiz, que prova o senhor possui de que o terceiro Gaudu não estava bem aqui, dando a facada? E que provas o senhor tem de que os outros dois, que estavam por perto nas proximidades, não saltaram o muro? Não para salvar a vítima, mas para afogar os seus gritos e acabar com ele?

– Nesse caso, que razão teriam eles para acusar o senhor pessoalmente?

– Temos uma pequena rixa. Os primos Gaudus não se cansam de aprontar. Por duas vezes, após denúncias minhas, foram apanhados em flagrante delito e condenados. Hoje eles estão me acusando a todo o custo, para não serem acusados. Estão se vingando.

– Apenas um palpite, como se costuma dizer. Por que eles o matariam?

– Não sei.

– Não podemos simplesmente imaginar o que foi roubado da gaveta?

– Não, senhor juiz. O meu amigo Vaucherel, que não era rico, digam o que disserem, tinha depositado as suas pequenas economias com um corretor, e não mantinha nada aqui.

– Nenhum item de valor?

– Nenhum.

– E os seus livros?

– Sem valor, pode ter certeza. E essa era a sua maior mágoa. Ele gostaria de ter comprado edições raras, livros antigos. Mas ele não tinha dinheiro para pagar por eles.

– Ele nunca lhe falou dos primos Gaudus?

– Nunca. E por maior que seja o meu desejo de vingar a morte do meu pobre amigo, não direi nada que não seja absolutamente verdadeiro.

O interrogatório continuou. O juiz de instrução pressionava os três primos com perguntas. Mas, ao final, o confronto não trouxe qualquer resultado. Depois de terem esclarecido alguns pontos secundários, os magistrados foram a Fontines.

A propriedade do sr. Leboc, situada na extremidade da aldeia, não era maior do que a Chaumière. Uma sebe bem aparada e muito alta rodeava o jardim. Através do portão de entrada podia-se ver, para além de um pequeno relvado redondo, uma casa de tijolos pintada com tinta branca. Como a Chaumière, ficava a cerca de quinze ou vinte metros de distância.

O juiz pediu ao sr. Leboc para ocupar o lugar em que estava no dia do crime. O sr. Leboc sentou-se à sua janela, com um livro no colo e o cachimbo nos lábios.

Não havia margem para erros. Qualquer pessoa que passasse em frente ao portão e olhasse para a casa não poderia deixar de ver claramente o sr. Leboc. As cinco testemunhas convocadas, camponeses e comerciantes de Fontines, confirmaram os seus depoimentos – de tal forma que a localização do sr. Leboc, no dia do crime, entre o meio-dia e as quatro horas, não podia ser outra: era sem dúvida a sua mesma localização atual, perante os magistrados.

Os magistrados não conseguiam esconder o seu embaraço diante do inspetor; e o juiz de instrução, a quem Béchoux apresentou o seu amigo Barnett como um detetive de extraordinária perspicácia, não pôde deixar de dizer:

– Caso confuso, não acha, senhor?

– Sim, o que pensa? – disse Béchoux, que deu um sinal a Barnett relembrando as suas recomendações de cortesia.

Jim Barnett tinha assistido a toda a investigação da Chaumière sem dizer uma palavra, e várias vezes Béchoux tinha-o interrogado em vão. Ele apenas acenava com a cabeça e murmurava alguns monossílabos.

Ele respondeu amavelmente:

– Muito confuso, senhor juiz.

– Não é? No final, a balança está igual entre as duas partes. Por um lado, existe o álibi do sr. Leboc, que sem dúvida não deixou a sua casa à tarde. Mas, por outro lado, o relato dos três primos parece-me estar em ordem.

– De fato. Mas à direita ou à esquerda, certamente há ignomínia e comédia abjeta. Mas está à direita ou à esquerda? A inocência pode ser encontrada nos três Gaudus, personagens sombrios com rostos ásperos?

E o culpado é o sorridente sr. Leboc, cujo rosto é todo franqueza e serenidade? Ou devemos supor que os rostos de todos os atores do drama estão em conformidade com os papéis que desempenharam, sendo o sr. Leboc inocente e os Gaudus culpados?

– Em suma – disse o sr. Formerie com satisfação –, o senhor não está mais avançado do que nós.

– Ah, eu estou muito mais – disse Jim Barnett.

O sr. Formerie apertou os lábios.

– Nesse caso – disse ele –, diga-nos o que descobriu.

– Farei isso no momento apropriado. Hoje, apenas vou pedir, senhor juiz, que convoque uma nova testemunha.

– Uma nova testemunha?

– Sim.

– Nome? Endereço? – disse o sr. Formerie, completamente desconcertado.

– Não sei.

– Como é que é?

O sr. Formerie começou a se perguntar se o "extraordinário" detetive não estava brincando com ele. Béchoux estava muito preocupado.

Por fim, Jim Barnett inclinou-se para o sr. Formerie e, apontando para o sr. Leboc, que a dez passos de distância ainda fumava tranquilamente na sua varanda, murmurou confiante:

– No bolso secreto da carteira do sr. Leboc há um cartão de visita com quatro pequenos furos em forma de diamante. Lá estão o nome e o endereço.

Essa conversa absurda não foi suficiente para restaurar a compostura do sr. Formerie, mas o inspetor Béchoux não hesitou. Sem invocar o mais pequeno pretexto, mandou o sr. Leboc entregar-lhe a carteira. Abriu-a, e tirou um cartão de visita com quatro buracos em forma de diamante, com este nome: *Miss Elizabeth LOVENDALE*. Havia um endereço em lápis azul: *Grand Hôtel Vendôme, Paris*. Os dois magistrados olharam um para o outro com surpresa. Béchoux ficou transtornado, enquanto o sr. Leboc exclamou, sem o mínimo constrangimento:

– Bom Deus! Eu estava à procura desse bilhete! E o meu pobre amigo Vaucherel!

– Por que ele o procurava?

– Oh, o senhor me pede demais, senhor juiz.

Sem dúvida ele precisava do endereço acima.

– E estes quatro furos?

– Quatro furos que fiz nele, para marcar os quatro pontos de um carteado que eu ganhei. Muitas vezes jogamos *écarté*, nós dois, e eu devo ter colocado inadvertidamente este cartão de visita na minha carteira.

A explicação, que era muito plausível, foi dada de forma bastante natural.

O sr. Formerie concordou de bom grado. Mas restava saber como Jim Barnett poderia ter adivinhado a presença deste cartão de visita no bolso secreto de um homem que ele nunca tinha visto.

Isto ele não disse. Sorriu amigavelmente, e insistiu na convocação de Elizabeth Lovendale. Foi atendido.

A srta. Lovendale estava longe de Paris, e só chegou oito dias mais tarde. A investigação não fez qualquer progresso durante essa semana, embora o sr. Formerie tenha prosseguido as suas investigações com a maior implacabilidade, que aumentava ainda mais com a lembrança infeliz de Jim Barnett.

– Você deixou o juiz horrorizado – disse o inspetor Béchoux a Barnett – na tarde em que nos encontrámos na Chaumière. Tanto que ele já tinha decidido recusar a sua colaboração.

– Devo ir embora?

– Não. Temos novidades.

– Em que sentido?

– Acho que ele tomou uma decisão.

– Isso é bom. É provavelmente a decisão errada. Vamos nos divertir um pouco.

– Por favor, Barnett, deferência.

– Deferência e desinteresse. Eu prometo, Béchoux. A agência é gratuita. Nada nas minhas mãos, nada nos meus bolsos. Mas pode ter certeza de que o sr. Formerie me dá nos nervos.

O sr. Leboc já esperava havia meia hora. A srta. Lovendale saiu do carro. Depois chegou o sr. Formerie, todo animado, exclamando:

– Olá, sr. Barnett. Tem alguma boa notícia para nós?

– Talvez, senhor juiz.

– Bem, eu também... eu também! Mas primeiro vamos ouvir a sua testemunha, e rapidamente. Não vale a pena a sua testemunha. Perda de tempo. Enfim!

Elizabeth Lovendale era uma velha inglesa, com cabelo grisalho desgrenhado, aspecto excêntrico, trajada sem aprumo, que falava francês como uma francesa, mas com tal volubilidade que era difícil de compreender.

Assim que entrou, antes de qualquer pergunta, ela disparou a falar.

– Pobre sr. Vaucherel! Assassinado! Um cavalheiro tão corajoso, um homem tão curioso! Então querem saber se eu o conhecia? Não muito bem. Vim aqui apenas uma vez, a negócios. Queria comprar uma coisa dele. Não entramos em acordo sobre o preço. Tive que voltar a vê-lo, depois de consultar os meus irmãos. São pessoas famosas, meus irmãos... os maiores... como se diz?... Os maiores merceeiros de Londres...

O sr. Formerie tentou canalizar este fluxo de palavras.

– O que é que queria comprar, senhorita?

– Um pequeno pedaço de papel... muito pequeno... um papel muito fino, conhecido como casca de cebola.

– E tem algum valor?

– Muito para mim. E eu errei ao dizer a ele: *"Você sabe, caro sr. Vaucherel, que a mãe de minha avó, a bela Dorothée, tinha como pretendente o próprio rei George IV, e que ela guardou as dezoito cartas de amor recebidas dele, nos dezoito volumes de uma edição Richardson... uma por volume. Quando ele morreu, nossa família encontrou os volumes, exceto o décimo quarto, que havia desaparecido com a carta número catorze... a mais interessante, porque prova, como sabíamos, que a linda Dorothée caiu em tentação nove meses antes do nascimento de seu filho mais velho. Então o senhor entende, meu bom sr. Vaucherel, como ficaremos felizes em encontrar esta carta! Os Lovendales, descendentes do rei George! Primos do atual rei! Tal coisa nos traria glória, títulos!"*

Elizabeth Lovendale respirou, e, continuando o relato da sua abordagem ao sr. Vaucherel, retomou:

– *"E então, meu bom sr. Vaucherel, após trinta anos de pesquisas e buscas, soube que muitos volumes, incluindo o décimo quarto volume de Richardson, tinham sido vendidos em um leilão público. Corri para o comprador, um livreiro do Quai Voltaire, que me enviou de volta para o senhor, pois está com o livro desde ontem."* *"De fato"*, disse o bom sr. Vaucherel, que me mostrou o Volume XIV de Richardson. *"Veja"*, disse eu, *"a carta número 14 deve estar no verso do volume, debaixo da encadernação."* Ele olhou, ficou pálido, e disse: *"Por quanto a senhora quer comprá-lo?"* Foi quando vi a minha estupidez. Se eu não tivesse mencionado a carta, teria comprado o volume por cinquenta francos. Ofereci mil. O bom sr. Vaucherel começou a tremer e pediu dez mil francos. Eu aceitei. Ele perdeu a cabeça. E eu também. Era como um leilão público. Vinte mil... Trinta mil... No final, ele exigiu cinquenta mil, e gritava como um louco, com os olhos todos vermelhos: *"Cinquenta mil!... Nem um centavo a menos! O suficiente para comprar todos os livros que eu quero! Os mais belos!... Cinquenta mil francos!"* Ele queria um adiantamento de imediato, um cheque. Prometi-lhe que voltaria. Atirou o livro para a gaveta daquela mesa, trancou-a, e eu fui embora.

Elizabeth Lovendale completou a sua história com uma série de detalhes inúteis, que não foram ouvidos. Até que, em dado momento, o que conseguiu prender a atenção de Jim Barnett e do inspetor Béchoux foi a face tensa do sr. Formerie. Sem dúvida uma emoção violenta o tinha atingido, e ele estava sofrendo uma espécie de alegria excessiva que o perturbava. Finalmente sussurrou, com voz enfadonha e a expressão enfática:

– Em suma, senhorita, a senhora está reivindicando o volume XIV das obras de Richardson?

– Sim, senhor.

– Aqui está – disse ele, puxando um pequeno livro de pele de bezerro do seu bolso com um gesto teatral.

– Será possível? – gritou a inglesa entusiasmada.

– Aqui está – repetiu ele. – Mas a carta de amor do rei George não está aqui. Eu a teria visto. Mas vou encontrá-la, pois encontrei o volume procurado há cem anos, e o ladrão de um é inevitavelmente o ladrão do outro.

O sr. Formerie andou por um momento, com as mãos nas costas, saboreando o seu triunfo. E de repente deu uma palmadinha na mesa, e concluiu:

– Sabemos finalmente a causa do assassinato. Alguém ouviu por acaso a conversa entre Vaucherel e *Miss* Lovendale, e viu onde Vaucherel trancou o livro. Alguns dias mais tarde, este homem matou-o para roubar o livro, e mais tarde vender a carta número 14. E quem era este homem? Gaudu, o trabalhador agrícola, em quem sempre vi o culpado. Ontem, durante uma busca, reparei numa fenda anormal entre os tijolos desarticulados da sua chaminé. Uma fenda era maior que as outras. Lá havia um livro, que obviamente veio da biblioteca de Vaucherel. As revelações inesperadas de *Miss* Lovendale provam a exatidão da minha dedução. Porei sob custódia os três primos Gaudus, que são notórios patifes, assassinos do sr. Vaucherel, e criminosos acusadores do sr. Leboc.

Solene como sempre, o sr. Formerie estendeu a sua mão em sinal de estima ao sr. Leboc, que lhe agradeceu efusivamente. Depois, como um homem galante que era, conduziu Elizabeth Lovendale ao seu carro, voltou para os outros, e exclamou, esfregando as mãos:

– Bem, penso que esse assunto vai fazer barulho, e as moedas vão tilintar agradavelmente nos ouvidos do sr. Formerie. O que é que vocês acham? O sr. Formerie é ambicioso, e a capital o atrai.

Partiram para a casa de Gaudu, onde ele ordenaria que os três primos fossem trazidos sob boa escolta. O tempo estava bom. Seguido pelo sr. Leboc, ladeado pelo inspetor Béchoux e Jim Barnett, o sr. Formerie deixava o seu contentamento transbordar e disse, num tom jocoso:

– Bem, meu caro Barnett, tudo correu bem, não é? E na maior parte do tempo, ao contrário das suas expectativas! Pois o senhor não foi hostil com o sr. Leboc?

– Confesso, de fato, – falou Barnett – que me deixei influenciar por aquele maldito cartão de visita. Estava no chão da Chaumière durante o interrogatório, e o sr. Leboc o encontrou, e muito gentilmente colocou o seu pé direito sobre ele. Quando ele saiu, levou-o com ele, preso ao sapato. Lá fora, tirou-o do sapato e colocou-o em sua carteira. Ora, quando vi a impressão de sua sola direita na terra molhada, pude ver que a referida sola tem quatro cravos em forma de diamante e, portanto, que o sr. Leboc, sabendo que tinha esquecido o cartão no chão, e não desejando que o nome e endereço de Elizabeth Lovendale fosse conhecido, tinha idealizado seu pequeno esquema. E, na verdade, foi por causa desse cartão de visita...

O sr. Formerie rebentou a rir.

– Mas que infantilidade, meu caro Barnett! Que complicações desnecessárias! Como pôde se desviar desta maneira? Um dos meus princípios, como vê, Barnett, é que não devemos procurar a resposta a uma pergunta. Contentemo-nos com os fatos tal como eles se apresentam diante de nós, e não tentemos encaixá-los, a todo o custo, em ideias preconcebidas.

Estavam se aproximando da casa do sr. Leboc, pela qual tiveram de passar para chegar à casa de Gaudu.

O sr. Formerie tomou o braço de Barnett e continuou cordialmente o seu pequeno curso de psicologia policial.

– O seu grande erro, Barnett, foi não querer admitir, como intangível, a simples verdade de que não se pode estar em dois lugares ao mesmo tempo. Está tudo aí. O sr. Leboc, fumando à sua janela, não podia ao mesmo tempo cometer assassinato na Chaumière. Veja, o sr. Leboc está atrás de nós, não está? E este não é o portão da casa dele, dez passos à nossa frente? Bem, é impossível imaginar um milagre pelo qual o sr. Leboc estaria atrás de nós e à sua janela ao mesmo tempo.

Mas nesse momento o sr. Formerie, o juiz de instrução, deu um salto e uma exclamação de espanto.

– O que houve? – perguntou Béchoux.

Ele estendeu o dedo em direção à casa.

– Ali... ali...

Através das barras do portão, do outro lado do relvado, podia-se ver, a vinte metros de distância, fumando o seu cachimbo no cenário da sua janela aberta, o sr. Leboc... O mesmo sr. Leboc, que também estava perto do grupo, na calçada!

Visão de horror! Alucinação! Fantasma! Incrível semelhança! Quem desempenhava o papel do verdadeiro sr. Leboc, que o sr. Formerie segurava pelo braço?

Béchoux já tinha aberto o portão e disparado a correr. O sr. Formerie também correu em direção à imagem diabólica do sr. Leboc, interpelando-o e ameaçando-o. Mas a imagem parecia não se abalar, nem se mover. Como poderia ela ter se abalado, e como poderia ter se movido, quando – como eles puderam ver mais de perto – não passava de um quadro? Uma tela que preenchia exatamente a moldura da janela, e que oferecia em profundidade a silhueta do sr. Leboc fumando o seu cachimbo, delineada da mesma maneira (e evidentemente pela mesma mão) que o retrato do sr. Vaucherel, na Chaumière.

O sr. Formerie estava atônito. Junto a ele, o sorridente, plácido e bonachão sr. Leboc não foi capaz de resistir ao golpe inesperado, e desmoronou como se estivesse levado um golpe de marreta. Ele chorava e confessava estupidamente:

– Eu fiquei louco... Foi sem querer. Eu queria dividir meio a meio com ele... ele recusou... por isso perdi a cabeça... foi sem querer...

E ele se calou. E, no silêncio, a voz de Jim Barnett, que se tornara ácida, má e caluniosa, ressoava:

– Hein? O que me diz, senhor juiz? Que bom rapaz, o seu protegido Leboc! Que maestria na preparação do seu álibi! E como poderiam os transeuntes desatentos não pensar que estavam vendo, de longe, o verdadeiro Leboc! Quanto a mim, eu suspeitei do golpe desde o primeiro dia, quando vi a imagem do sr. Vaucherel na tela. Não teria o mesmo artista desenhado, por acaso, a silhueta do seu amigo Leboc? Procurei-a, e não por muito tempo, porque Leboc tinha certeza que seríamos estúpidos demais para descobrir o seu truque. A tela estava enrolada no canto do celeiro, debaixo de uma pilha de coisas velhas. Só tive o trabalho de vir aqui mais cedo e pregá-la, enquanto ele estava a caminho da sua convocação. E é assim que se pode, ao mesmo tempo, matar alguém na Chaumière e fumar o seu cachimbo em casa!

Jim Barnett estava furioso. A sua voz afiada rasgava a alma do infeliz sr. Formerie.

– Quantos ele deve ter enganado, na sua vida de homem honesto! Hein? Que bonita a marca que ele deixou no cartão de visita, quatro furos para marcar os quatro pontos no *écarté*! E o livro que ele foi plantar na outra tarde (eu estava seguindo) na chaminé dos Gaudus! E a carta anônima que ele enviou! Porque suponho que foi isso que fez o senhor correr até lá, senhor juiz! Leboc safado, faz-me rir com a tua cara limpa. Seu canalha!

Muito pálido, o sr. Formerie se continha. Ele apenas observava o sr. Leboc. No final, murmurou:

– Não me surpreende... esse olhar falso... as boas maneiras... Que bandido!

Uma raiva súbita animou-o.

– Sim, bandido! E vou te fazer sofrer um bocado. Aliás, a carta, a carta número catorze, onde está?

Incapaz de resistir, o sr. Leboc gaguejou:

– No buraco do cano que desce pela parede, na sala à esquerda... O cano está cheio de cinzas... a carta está lá...

Entraram rapidamente na sala. Béchoux encontrou imediatamente o cano e sacudiu as cinzas. Mas não havia nada, não caiu nada no forno, nenhuma carta, o que parecia confundir o sr. Leboc e aumentou a exasperação do sr. Formerie.

– Mentiroso! Impostor! Miserável! Ah, pode ter a certeza de que vai falar, seu malandro, e devolver essa carta!

No entanto, os olhares de Béchoux e Barnett tinham se encontrado. Barnett sorria. Béchoux cerrou os punhos. Compreendeu que a agência Barnett e Associados tinha uma forma especial de ser gratuita, e isso explicava como Jim Barnett, embora jurasse (com razão) que nunca pedia um centavo dos seus clientes, podia levar uma existência confortável como detetive privado.

Aproximou-se dele e sussurrou:

– Você é terrível. Isso foi digno de um Arsène Lupin.

– O quê? – disse Barnett ingenuamente.

– Ter ocultado a carta.

– Ah! Adivinhou?

– Ah, pelo amor de Deus!

– O que eu posso fazer? Eu coleciono autógrafos dos reis de Inglaterra.

Três meses mais tarde, em Londres, Elizabeth Lovendale foi visitada por um certo cavalheiro muito distinto, que se encarregou de conseguir para ela a carta de amor do rei George. Exigiu dela a bagatela de cem mil francos.

As negociações foram laboriosas. Elizabeth consultou os seus irmãos, os maiores merceeiros de Londres. Eles debateram, recusaram, e finalmente cederam.

O ilustre cavalheiro recebeu assim os cem mil francos, e além disso desviou uma carroça inteira de produtos de mercearia, cujo destino nunca foi conhecido.

O JOGO DE BACARÁ

Ao sair da estação, Jim Barnett encontrou o inspetor Béchoux, que o tomou pelo braço e o levou rapidamente.

– Não há um minuto a perder. A situação pode piorar a qualquer momento.

– O problema pareceria muito maior – disse Jim Barnett logicamente – se eu soubesse qual era a situação. Vim correndo ao receber o seu telegrama, e sem a menor informação.

– Era assim que eu queria – disse o inspetor.

– Então, já não desconfia de mim, Béchoux?

– Desconfio sempre de você, Barnett, e das suas formas de liquidar a conta dos clientes da agência Barnett. Mas, neste caso, não tem nada que você possa ganhar, meu caro. Desta vez, temos de trabalhar com os olhos abertos.

Jim Barnett deu um assobio. Esta perspectiva não parecia atormentá-lo. Béchoux olhou para ele de lado, já preocupado, e com vontade de dizer: "Ah, meu bom homem, se eu pudesse me virar sem os teus serviços!"

Chegaram ao pátio. Um carro com chofer aguardava no estacionamento, e Barnett viu uma senhora de rosto bonito e dramático, de uma palidez impressionante. Os seus olhos estavam cheios de lágrimas, os seus lábios apertados de angústia. Ela abriu imediatamente a porta, e Béchoux fez as apresentações.

– Jim Barnett, minha senhora. O único homem que pode salvá-la. – Sra. Fougeraie, esposa do Engenheiro Fougeraie, que está prestes a ser acusado.

– Acusado de quê?

– De assassinato.

Jim Barnett soltou um muxoxo. Béchoux ficou escandalizado.

– Desculpe o meu amigo Barnett, minha senhora. Quanto mais grave é um assunto, mais à vontade ele se sente.

O carro seguia em direção ao cais de Rouen. Viraram à esquerda e pararam em frente a uma grande casa. O terceiro andar era utilizado como as instalações do Centro Normand.

– É aqui – disse Béchoux – que os grandes comerciantes e industriais de Rouen e arredores se encontram para conversar, ler os jornais e jogar bridge ou pôquer. Sempre na sexta-feira, que é dia de mercado de ações. Como ninguém vai chegar antes do meio-dia, a não ser os funcionários, tenho muito tempo para atualizá-los sobre o drama que aconteceu aqui.

Três grandes salas seguiam-se ao longo da fachada, confortavelmente mobiladas e forradas com ricos tapetes. A terceira sala estava ligada a um cômodo menor, em forma de círculo, cuja única janela se abria para uma grande varanda, de onde se podiam ver as margens do Sena.

Sentaram-se. A sra. Fougeraie ficou um pouco afastada, perto de uma janela, e Béchoux começou:

– Bem, há algumas semanas, numa sexta-feira, quatro membros do Círculo, após um bom jantar, começaram a jogar pôquer. Eram quatro amigos, magnatas e fabricantes da Maromme, um grande centro fabril perto de Rouen. Três eram casados, pais de família, condecorados: Alfred Auvard, Raoul Dupin e Louis Batinet. O quarto, solteiro e mais novo, se chamava Maxime Tuillier. Por volta da meia-noite, outro jovem próspero e muito rico, o Paul Erstein, juntou-se a eles. As salas começaram a ficar vazias, e os cinco começaram um jogo de bacará. Paul Erstein, que tinha a paixão e o hábito de apostar, era o dono da banca.

Béchoux apontou para uma das mesas e continuou:

— Eles jogavam aqui, nesta mesa. No início o jogo estava muito calmo, jogado de forma tranquila, sem levar muito a sério. Mas foi ficando cada vez mais animado, assim que Paul Erstein trouxe duas garrafas de champanhe. E imediatamente, a partir desse momento, a sorte começou a correr a favor do dono da banca, de forma brutal, injusta, desagradável e exasperante. Paul Erstein sempre tinha um nove quando era preciso, sempre um trunfo no momento certo. Os outros ficaram furiosos, redobrando seus ataques. Em vão. Não valia a pena jogar mais. O resultado dessas extravagâncias, nas quais todos persistiram teimosamente contra todo o senso comum, foi o seguinte: às quatro horas da manhã, os industriais da Maromme tinham perdido todo o dinheiro que trouxeram de Rouen para pagar os salários de seus trabalhadores. Além disso, Maxime Tuillier ficou devendo a Paul Erstein, por sua palavra, oitenta mil francos.

O inspetor Béchoux respirou por um momento, e depois continuou:

— De repente, um gesto teatral. Um gesto teatral, devemos admitir, em que Paul Erstein demonstrou sua extrema generosidade e desinteresse. Dividiu a soma total dos seus ganhos em quatro parcelas, que correspondiam exatamente às perdas dos seus adversários. Em seguida, dividiu cada pacote em três, e ofereceu aos seus oponentes as três partes finais. Seria assim, individualmente, o dobro ou nada em cada um dos três maços. Eles aceitaram. Paul Erstein perdeu nas três vezes. A sua sorte tinha ido embora. Após uma noite inteira de batalha, não houve vencedor nem perdedor. *"Menos mal"*, disse Paul Erstein, levantando-se. *"Tive um pouco de vergonha. Mas, caramba, que dor de cabeça! Ninguém sai à varanda para fumar um cigarro?"* Ele dirigiu-se até a câmara redonda. Passaram-se alguns minutos, durante os quais os quatro amigos permaneceram em volta da mesa, discutindo alegremente os acontecimentos da batalha vencida. Depois resolveram ir embora. Tendo atravessado a segunda sala e a primeira, avisaram ao criado de guarda que dormia na antecâmara: *"O sr. Erstein ainda está lá dentro, Joseph. Mas em breve vai sair."* Todos saíram exatamente às quatro e meia. O carro de um deles, Alfred Auvard, levou-os de volta para Maromme, como fazia todas as sextas-feiras à noite. O criado Joseph, por sua vez, esperou uma hora. Até que, cansado do seu dever noturno, foi em busca de Paul Erstein, e encontrou-o caído na sala redonda, torcido sobre si mesmo, inerte: estava morto.

O inspetor Béchoux fez uma segunda pausa. A sra. Fougeraie tinha baixado a cabeça. Jim Barnett foi com o inspetor à câmara redonda, examinou-a, e pronunciou-se:

– Direto ao assunto agora, Béchoux. A investigação concluiu que...

– Concluiu – respondeu Béchoux –, "que Paul Erstein tinha sido atingido na têmpora com um instrumento contundente, com força para abatê-lo em um único golpe. Não havia vestígios de luta, exceto no relógio de Paul Erstein, que parou às quatro e cinquenta e cinco, ou seja, vinte e cinco minutos depois de os jogadores terem saído. Nenhum indício de roubo: anéis, notas de banco, nada faltava. Por fim, não havia vestígios do agressor, que não poderia ter entrado ou saído pela antecâmara, uma vez que Joseph não tinha saído do seu posto."

– Então – disse Barnett – não há nenhuma pista?

– Há, sim.

Béchoux hesitou e disse:

– Sim, há uma pista, e muito séria, por sinal. À tarde, um dos meus colegas em Rouen relatou ao juiz que a varanda desta sala fica a uma distância muito curta de uma varanda no terceiro andar do edifício vizinho. O Ministério Público mandou investigar esse edifício, cujo terceiro andar é habitado pelo engenheiro Fougeraie. Ele tinha estado ausente o dia todo, desde a manhã. A sra. Fougeraie conduziu os magistrados até ao quarto do seu marido. A varanda desse quarto é adjacente à da câmara redonda. Veja, Barnett.

Barnett se aproximou e disse:

— Cerca de dois metros. Fácil de atravessar. Mas não há provas de que tenha sido atravessada.

— Sim, há — disse Béchoux. — Você está vendo, ao longo da rampa, aquelas caixas de madeira destinadas a flores, ainda com a terra do verão passado? Foram inspecionadas. Em uma delas, a mais próxima, foi encontrado quase na superfície, debaixo de uma camada de terra remexida, um soco inglês. O médico legista constatou que a ferida no corpo da vítima combinava exatamente com a forma do instrumento. Não foram encontradas impressões digitais no metal, pois não tinha parado de chover desde a manhã. Mas a acusação parecia decisiva. O engenheiro Fougeraie, vendo Paul Erstein na sala iluminada, atravessou a varanda, e então, cometeu o crime e escondeu a arma.

— Mas por que o crime? Ele conhecia Paul Erstein?

— Não.

— E então?

Béchoux fez um sinal. A sra. Fougeraie tinha se aproximado e ouvia as perguntas da Barnett. Seu rosto se contraía de dor. Um esforço visível continha as suas lágrimas, sob as pálpebras murchas de insônia. Com uma voz trêmula, ela disse:

— Cabe a mim responder, senhor. Farei isso em poucas palavras, com absoluta franqueza, e compreenderão a minha angústia. Não, o meu marido não conhecia o sr. Paul Erstein. Mas eu o conhecia. Encontrei-o várias vezes em Paris, na casa de um dos meus melhores amigos, e ele passou a me cortejar. Tenho muito amor pelo meu marido, e tenho um profundo senso dos meus deveres como esposa. Por isso resisti ao impulso de me envolver com Paul Erstein. Apenas concordei em revê-lo algumas vezes aqui por perto, no campo.

— A senhora escreveu cartas para ele?

— Sim.

— E as cartas estão com a família dele?

— Nas mãos do pai dele.

— E o pai dele, que deve querer vingá-lo a todo o custo, ameaça entregar estas cartas para a justiça?

— Sim. Estas cartas provam a natureza irrepreensível da nossa relação. Mas elas também provam que eu me encontrava com ele, fora do meu casamento. Uma delas contém estas frases: *"Peço-te, Paul, seja razoável. O meu marido é extremamente ciumento e muito violento. Se ele suspeitasse das minhas inconsequências, ele seria capaz de tudo."* Ciúmes, esse seria o motivo que explicaria o assassinato e a descoberta da arma próxima ao quarto do meu marido.

— Mas a senhora tem certeza de que o sr. Fougeraie não tinha suspeitas?

— Nenhuma.

— E acha que ele é inocente?

— Oh, sem dúvida — disse ela apressadamente.

Barnett olhou-a profundamente nos olhos, e compreendeu que a convicção da mulher tinha impressionado Béchoux ao ponto de, apesar dos fatos, apesar da opinião do Ministério Público, e apesar da sua discrição profissional, o inspetor ficar inclinado a ajudá-la.

Barnett fez mais algumas perguntas, pensou longamente, e concluiu:

— Não posso dar-lhe qualquer esperança, minha senhora. Logicamente, o seu marido é culpado. Mas vou tentar provar que a lógica está errada.

— Fale com o meu marido — implorou a sra. Fougeraie — as explicações dele permitirão...

— Seria inútil, minha senhora. A minha ajuda só valerá a pena se eu conseguir inocentar o seu marido, e se eu dirigir os meus esforços na direção da sua convicção.

A entrevista estava terminada. Barnett partiu sem demora em sua missão e, acompanhado pelo inspetor Béchoux, foi a casa do pai da vítima, a quem ele disse, sem rodeios:

— Senhor, a sra. Fougeraie encarregou-me dos seus interesses. Vai entregar ao Ministério Público as cartas escritas ao seu filho, não vai?

— Hoje mesmo, senhor.

– Não hesita em comprometer, em desonrar a mulher que ele amava mais do que tudo?

– Se o marido dessa mulher matou o meu filho, lamento por ela, mas o meu filho será vingado.

– Espere cinco dias. Até a próxima terça-feira, o assassino será desmascarado.

Jim Barnett passou esses cinco dias de uma forma que surpreendeu o inspetor Béchoux. Ele fez e obrigou-o a fazer buscas incansáveis, questionou, mobilizou pessoas e gastou muito dinheiro. Contudo, não parecia satisfeito e, ao contrário do seu hábito, estava taciturno e bastante mal-humorado.

Na terça-feira de manhã ele encontrou a sra. Fougeraie e disse a ela:

– Béchoux conseguiu junto ao Ministério Público que os acontecimentos daquela noite sejam reconstituídos daqui a pouco. O seu marido foi convocado. A senhora também. Peço que fique calma, até mesmo apática, aconteça o que acontecer.

Ela sussurrou:

– Posso esperar o pior?...

– Eu ainda não sei dizer. Como disse, estou jogando com base na sua convicção, ou seja, sobre a inocência do sr. Fougeraie. Vou tentar provar esta inocência demonstrando uma possível hipótese. Mas vai ser difícil. Mesmo admitindo que já coloquei as minhas mãos na verdade, tudo pode mudar até ao último momento.

O procurador da República e o juiz de instrução que tinha realizado as investigações eram magistrados sérios, que se referiam apenas aos fatos e não procuravam interpretá-los de acordo com opiniões anteriores.

– Com estes, – disse Béchoux – não temo que você entre em conflito, ou que precise usar de ironia, Barnett. Eles me deram muito gentilmente toda a liberdade para fazer o que eu quiser – ou melhor, o que você quiser, não se esqueça disso.

– Inspetor Béchoux – respondeu Barnett –, só uso de ironia quando tenho certeza da vitória. E hoje não é o caso.

A terceira sala estava apinhada de gente. Os magistrados conversavam entre si, no limiar da câmara redonda, na qual entraram e da qual saíram depois de um tempo. O grupo de industriais estava esperando. Agentes e inspetores iam e vinham. O pai de Paul Erstein estava de lado, assim como o criado Joseph. O sr. e a sra. Fougeraie permaneceram em um canto: ele sombrio e preocupado, ela ainda mais pálida do que de costume. Sabia-se que a prisão do engenheiro já havia sido decretada.

Um dos magistrados, dirigindo-se aos quatro jogadores, disse:

– O tribunal irá agora proceder à reconstituição do jogo de sexta-feira à noite. Portanto, os senhores tomarão os seus lugares à mesa para representar o jogo de bacará tal como aconteceu. Inspetor Béchoux, o senhor será o dono da banca. Pediu aos cavalheiros que trouxessem a mesma quantidade de notas que tinham naquele dia?

Béchoux respondeu afirmativamente, e sentou-se na cadeira do meio. Alfred Auvard e Raoul Dupin à sua esquerda, Louis Batinet e Maxime Tuillier à sua direita. Foram dispostos seis baralhos de cartas. Mandou cortar e distribuir as cartas.

Foi bizarro: imediatamente, como na noite trágica, a sorte favoreceu a banca. Tão facilmente como o banqueiro Paul Erstein, o banqueiro Béchoux ganhava. Ao jogar oito ou nove, os trunfos se alternavam nas duas tábuas, e isto regularmente. Um golpe de sorte que persistia, sem os solavancos e reversões que, apesar de tudo, tinham marcado o primeiro jogo.

Esta continuidade, por assim dizer mecânica, parecia ser devida a um feitiço, que adquiriu um significado ainda mais desconcertante porque era a repetição de um choque que os jogadores já tinham sofrido antes. Distraído, Maxime Tuillier cometeu dois erros. Jim Barnett ficou impaciente e, com autoridade, tomou o seu lugar à direita de Béchoux.

Em dez minutos – pois os acontecimentos decorriam a uma velocidade absurda – mais de metade das notas, retiradas das suas carteiras pelos quatro amigos, estavam no pano verde em frente a Béchoux. Maxime Tuillier, representado por Jim Barnett, começava a perder com a sua palavra.

O ritmo acelerou. Rapidamente chegaram ao ponto extremo do jogo. E de repente Béchoux, como tinha feito Paul Erstein, dividiu os seus ganhos em quatro pacotes proporcionais às perdas, propondo assim os três "dobros ou nada" finais.

Os opositores seguiam-no com os olhos, impressionados, talvez, pela memória da noite trágica.

Três vezes Béchoux deu as cartas. *E três vezes, em vez de perder como Paul Erstein tinha perdido, Béchoux ganhou.*

Houve uma surpresa entre os presentes. Por que a sorte, que deveria ter mudado para que o milagre da reconstituição continuasse até ao fim, ainda favorecia o dono da banca? Se alguém saísse da realidade conhecida para uma realidade diferente, deveria acreditar que esta outra versão era a verdadeira?

– Estou confuso – disse Béchoux, ainda no seu papel de banqueiro, levantando-se após embolsar os quatro maços de notas.

Tal como Paul Erstein, queixou-se de uma dor de cabeça e pediu para ser acompanhado até à varanda. Ele foi até lá e acendeu um cigarro. Ele podia ser visto, à distância, através da porta da câmara redonda.

Os outros permaneceram imóveis, os seus rostos se contraíam. Sobre a mesa, as cartas estavam dispersas.

Então, por sua vez, Jim Barnett se levantou. Por qual fenômeno ele havia conseguido dar a sua figura, sua silhueta, a própria aparência de Maxime Tuillier, a quem ele havia acabado de dispensar do jogo e cujo lugar ele ocupava? Maxime Tuillier era um rapaz de cerca de trinta anos, apertado em seu paletó, com um rosto imberbe, um *lorgnon* dourado sobre o nariz e um olhar doentio e preocupado. *Jim Barnett era ele.* Ele caminhou lentamente até a sala redonda, com passo de autômato e uma expressão que às vezes era dura e implacável, às vezes indecisa e assustada – a expressão de um homem que pode estar prestes a cometer um ato terrível, mas que também pode fugir como um covarde antes de tê-lo feito.

Os jogadores não conseguiam vê-lo de frente. Mas os magistrados podiam vê-lo. E esqueceram-se de Jim Barnett, um artista cujo poder conheciam, e pensaram apenas em Maxime Tuillier, um jogador derrotado, que se juntava ao seu oponente vitorioso. Com que intenção? O seu rosto, que ele tentava controlar, traía a desordem da sua mente. O que faria ele? Pedir, ordenar, ou ameaçar? Quando saiu da câmara, estava calmo.

Fechou a porta.

A representação do drama – imaginado ou encenado? – era tão vívida que todos esperavam em silêncio. E os outros três jogadores também esperaram, com seus olhos fixos na porta fechada, atrás da qual acontecia novamente o que tinha ocorrido na trágica noite, e atrás da qual não eram Barnett e Béchoux que desempenhavam os seus papéis de assassino e vítima, mas sim Maxime Tuillier e Paul Erstein que estavam a lutar.

Então, após longos minutos, o assassino – poderia ele ser chamado de outra forma? – saiu. Titubeando, com os olhos alucinantes, ele se voltou para os seus amigos. Estava com os quatro pacotes na mão. Atirou um sobre a mesa, e empurrou à força os outros três para os bolsos dos três jogadores, dizendo:

– Paul Erstein, com quem acabo de falar, me pediu para devolver a vocês este dinheiro. Ele não o quer. Vamos embora daqui.

A quatro passos dele, Maxime Tuillier, o verdadeiro Maxime Tuillier, pálido e descomposto, estava apoiado no encosto de uma cadeira. Jim Barnett disse-lhe:

– Foi bem assim, não foi, sr. Maxime Tuillier? A cena foi reproduzida nos seus pontos essenciais? Fiz o papel que desempenhou na outra noite? Eu não representei bem o crime? O *seu* crime?

Maxime Tuillier parecia incapaz de ouvir. Cabeça baixa, braços caídos, parecia um manequim prestes a cair ao sopro da mais leve respiração. Ele vacilava como um bêbado. Os seus joelhos amoleceram. Desmaiou na cadeira.

Então Barnett saltou sobre ele e agarrou-o pelo colarinho.

– Você confessa? Hein? A propósito, não há outra alternativa. Eu tenho todas as provas. Por exemplo, o soco inglês... posso garantir que você sempre carrega um com você. Além disso, sua derrota no jogo o estava arrasando. Sim, minha investigação revelou que você estava mal nos negócios. Não teria mais dinheiro para seus pagamentos no final do mês. Era a ruína. Então... então você cometeu o assassinato e, não sabendo o que fazer com a arma, saltou para a varanda, e a enterrou.

Nem era preciso que Barnett se desse tanto ao trabalho: Maxime Tuillier não oferecia qualquer resistência. Esmagado sob o peso de um crime pesado demais para ele, e que carregava há semanas, ele gaguejava contra sua vontade as terríveis palavras de confissão, sem mais consciência do que um moribundo em delírio.

A sala se encheu de tumulto. O juiz de instrução, debruçado sobre o culpado, registrava a confissão involuntária. O pai de Paul Erstein queria agarrar o assassino. O engenheiro Fougeraie gritava com fúria. Mas os mais implacáveis, talvez, eram os amigos de Maxime Tuillier. Um deles em especial, o mais antigo e notável, Alfred Auvard, cobriu-o com impropérios.

– Miserável! Nos fez acreditar que o infeliz tinha devolvido o dinheiro, mas roubou esse dinheiro depois de matar.

Atirou o maço de notas à cabeça de Maxime Tuillier. Os outros dois, também indignados, atiraram o dinheiro que agora lhes fazia horror.

A calma foi gradualmente restaurada. Levaram Maxime Tuillier, gemendo e quase desmaiando, para outra sala. Um detetive recolheu os maços de notas e entregou aos magistrados. Este último pediu ao sr. e à sra. Fougeraie que se retirassem, assim como ao pai de Paul Erstein. Depois felicitaram Jim Barnett pela sua clareza.

– Tudo isso – disse ele –, esse colapso de Maxime Tuillier, é apenas o lado banal do drama. O que o faz ser original, e o torna um drama profundamente misterioso, quando deveria ser apenas um fato, vem de outra coisa. E, embora isto não me diga respeito, se me permitem...

Então Jim Barnett virou-se para os três industriais que conversavam em voz baixa, aproximou-se deles e tocou suavemente no ombro do sr. Auvard.

– Uma palavra, senhor, pode ser? Penso que poderia lançar alguma luz sobre um assunto que ainda está muito obscuro.

– Sobre o quê? – respondeu Alfred Auvard.

– Sobre o papel que o senhor e os seus amigos desempenharam.

– Mas nós não desempenhamos qualquer papel nisso.

– Um papel ativo, não, claro. No entanto, há apenas algumas contradições perturbadoras que preciso apontar. Os senhores declararam, logo na manhã seguinte, que o jogo de bacará resultou em três jogadas *a favor de vocês*, o que anulou as suas perdas e determinou a sua partida pacífica. Mas essa afirmação é contrariada pelos fatos.

O sr. Auvard acenou com a cabeça e respondeu:

– Há aqui de fato um mal-entendido. A verdade é que as últimas três jogadas só aumentaram as nossas perdas. Paul Erstein se levantou, e Maxime, que parecia estar bastante controlado, seguiu-o até à sala redonda para fumar um cigarro, enquanto nós três ficamos conversando. Quando ele voltou, talvez sete ou oito minutos depois, disse-nos que Paul Erstein não tinha levado o jogo a sério, que era um simulacro, envolvido nos vapores do champanhe; e que estava ansioso por nos devolver o dinheiro, mas com a condição de que ninguém deveria saber. O resultado do jogo seria considerado, no caso de alguém perguntar, como a compensação exata pelas perdas sofridas.

– E aceitaram tal oferta! Um presente para o qual não havia razão! Aceitando-o, nem foram agradecer a Paul Erstein! Acharam natural que Paul Erstein, um jogador endurecido, acostumado a ganhar e perder, não tirasse proveito de sua sorte! Muito improvável!

– Eram quatro da manhã. Estávamos de cabeça quente. Maxime Tuillier não nos deu tempo para pensar. Além disso, por que não deveríamos ter acreditado nele, uma vez que não sabíamos que ele tinha matado e roubado?

– Mas, no dia seguinte, todos sabiam que Paul Erstein estava morto.

– Sim, mas provavelmente morto após a nossa partida, o que não altera a última vontade expressa por ele.

– E nem por um momento suspeitaram de Maxime Tuillier?

– Com que direito? Ele é um de nós. O pai dele era meu amigo, e nos conhecemos desde crianças. Não, não suspeitamos de nada.

– Tem certeza?

Jim Barnett lançou estas palavras com voz irônica. Alfred Auvard hesitou durante alguns segundos, e depois retorquiu com irritação:

– As suas perguntas, senhor, soam-me como um interrogatório. Em que posição estamos aqui?

– No que diz respeito à acusação, estão como testemunhas. Mas, na minha opinião...

– Em sua opinião?...

– Eu vou explicar, senhor.

E, em tom calmo, Barnett continuou:

– Todo o caso, de fato, foi dominado pelo fator psicológico da confiança que os senhores inspiram. Materialmente, o crime poderia ser cometido a partir do exterior ou do interior. Mas a investigação voltou-se imediatamente para o exterior – e por esta razão, *a priori*, não há suspeitas sobre a rocha de honra e probidade formada por quatro industriais, ricos e condecorados, de reputação intacta. Se um dos senhores, ou o próprio Maxime Tuillier, tivesse jogado sozinho uma partida de *écarté* com Paul Erstein, teria sem dúvida sido suspeito. Mas vocês eram quatro jogadores, e Maxime foi momentaneamente salvo pelo silêncio de seus três amigos. Ninguém imaginou que três homens da importância dos senhores pudessem ser cúmplices. No entanto, foi isso que aconteceu, e foi isso que eu pressenti imediatamente.

Alfred Auvard estremeceu.

– O senhor está louco! Cúmplices do crime?

– Oh! Isso, não. Obviamente os senhores não sabiam o que ele foi fazer na sala redonda, quando seguiu Paul Erstein. Mas sabiam que ele estava diferente, quando entrou lá. E quando regressou, sabiam que algo tinha acontecido.

– Nós não sabíamos de nada!

– Sim, algo brutal. Talvez não tenha sido um crime, mas também não foi uma conversa. Algo brutal, repito, que permitiu que Maxime Tuillier trouxesse o dinheiro de volta.

– Ora essa!

– Sim! sim! sim! Um covarde como o seu amigo não mataria alguém sem ficar com uma expressão de medo e de demência no rosto. E é impossível que não tenham reparado nessa expressão depois que ele cometeu o crime.

– Já disse que não vimos nada!

– E nem queriam ver.

– E por quê?

– Porque ele estava devolvendo o dinheiro que vocês perderam. Sim, eu sei, vocês três são ricos. Mas aquele jogo de bacará os desequilibrou. Como qualquer jogador amador, vocês sentiram que tinham sido roubados; e quando esse dinheiro foi devolvido, vocês aceitaram sem querer saber como seu amigo o havia conseguido. Vocês se agarraram desesperadamente ao silêncio. Naquela noite, no carro que os levou de volta a Maromme, embora fosse interessante para vocês consultar um ao outro e planejar uma versão menos perigosa daquela noite, nenhum de vocês trocou uma palavra, nem uma palavra! – eu sei, pelo seu motorista. E no dia seguinte, e nos outros dias, depois que o crime foi descoberto, vocês se evitavam! Tamanho era o medo de apreender os pensamentos um do outro.

– Suposições!

– Certezas! Que obtive após uma investigação cuidadosa no círculo social de vocês. Acusar o seu amigo seria denunciar o seu fracasso inicial, seria chamar a atenção para vocês e para as suas famílias, e lançar uma sombra sobre a sua longa história de honra e honestidade. Seria um escândalo. E os senhores se mantiveram em silêncio, enganando assim a justiça e entregando a ela o seu amigo Maxime.

A acusação foi feita com tanta veemência, e o drama, assim explicado, assumiu tal relevância, que o sr. Auvard hesitou por um momento. Mas, por uma reviravolta inesperada dos acontecimentos, Jim Barnett não empurrou mais sua vantagem. Ele riu e disse:

– Fique tranquilo, meu senhor. Consegui demolir o seu amigo Maxime, porque ele é um fraco, cheio de remorsos, e porque manipulei o jogo de agora há pouco, preparando as cartas de forma a favorecer a banca. E, finalmente, porque a descoberta do crime deixou-o perturbado. Mas eu não tinha mais provas contra ele do que tenho contra vocês, e vocês não são do tipo de pessoas que se deixam abater. Especialmente porque a sua cumplicidade, repito, é vaga, inconsistente, e invisível aos olhos. Portanto, os senhores não têm nada a temer. Apenas...

Aproximou-se do seu interlocutor e disse, cara a cara:

– Eu apenas quis tirá-los de sua zona de conforto. Por força do silêncio e da habilidade, vocês três conseguiram se envolver na escuridão, e perderam de vista essa cumplicidade mais ou menos voluntária que possuíam. Eu me oponho a isso. É preciso que, lá no fundo da consciência, vocês nunca se esqueçam de ter participado do mal, até certo ponto. Se vocês tivessem impedido seu amigo de seguir Paul Erstein até a câmara redonda, como deveriam ter feito, Paul Erstein não teria morrido. E se vocês tivessem contado o que sabiam, Maxime Tuillier não estaria a ponto de escapar da punição que merece. A esse respeito, usem e abusem da lei, senhores. Tenho a sensação de que ela será muito indulgente com vocês. Boa noite.

Jim Barnett pegou o seu chapéu e, desdenhando os protestos dos seus opositores, disse ao juiz de instrução:

– Prometi à sra. Fougeraie salvar o seu marido, e ao pai de Paul Erstein desmascarar o culpado. Está feito. Minha tarefa está terminada.

Os apertos de mão dos magistrados não foram calorosos. É bem provável que estivessem insatisfeitos com a acusação de Barnett, e que não se dispusessem a segui-lo nessa direção.

Encontrando o inspetor Béchoux no estacionamento, Barnett disse:

– Esses três cavalheiros são inatingíveis. Ninguém tocará neles. São grandes burgueses, cheios de reputação e dinheiro, apoiadores da sociedade. A única coisa que existe contra eles é a sutileza das minhas deduções... Na verdade, não acredito que será feita justiça. Não importa! Conduzi bem o caso.

– E honestamente – aprovou Béchoux.

– Honestamente?

– Teria sido fácil para você pegar todo aquele dinheiro. Confesso que temi, por um momento.

– Obrigado pela parte que me toca, inspetor Béchoux! – disse Barnett, com dignidade.

Ele deixou Béchoux, saiu da mansão e foi para o edifício vizinho, onde a família Fougeraie agradeceu-o efusivamente. Digno como sempre, recusou qualquer recompensa; e demonstrou o mesmo altruísmo quando visitou o pai de Paul Erstein.

– A agência Barnett é gratuita – disse ele. – Essa é a sua força e a sua nobreza. Trabalhamos pela glória.

Jim Barnett pagou a sua conta no hotel, e ordenou que a sua mala fosse transportada para a estação. Depois, supondo que Béchoux regressaria a Paris com ele, passou pelas docas e entrou novamente no edifício do Círculo. No primeiro andar, ele parou. O inspetor descia.

Descia os degraus bruscamente, e gritou com raiva ao ver Barnett:

– Ah, aí está você!

Deu mais alguns passos e agarrou-o pelo casaco:

– O que fez com o dinheiro?

– Que dinheiro? – respondeu Barnett, inocentemente.

– O dinheiro que estava com você, na câmara redonda, quando desempenhou o papel de Maxime Tuillier.

– O quê?! Mas eu devolvi os quatro maços! Até me felicitou agora há pouco, meu caro amigo.

– Eu não sabia o que eu sei agora! – gritava Béchoux.

– E o que é que você sabe?

– As notas que entregou são falsas!

Béchoux espumava de cólera, e exclamava:

– Seu vigarista! Pensa que as coisas vão ficar assim? Vai devolver as notas verdadeiras, e imediatamente! Aquelas são falsas, e você sabe disso, seu canalha!

A sua voz estava estrangulada. Com fúria exasperada, sacudia Jim Barnett, que desatou a rir:

– Ah, que bandidos!! Não estou surpreso... Então, as notas que atiraram à cabeça de Maxime eram falsas? Que malandros! Vieram para a reconstituição com dinheiro falso!

– Mas você não entende! – disse Béchoux, fora de si. – Esse dinheiro pertence aos herdeiros da vítima! Paul Erstein ganhou esse dinheiro, e os outros jogadores têm que devolver!

A alegria de Barnett não tinha limites.

– Ah, que escândalo! Foi a vez deles serem roubados! E duas vezes! Que castigo para os ladrões!

– Mentiroso! Mentiroso! Foi você quem trocou! Foi você quem embolsou! Canalha! Patife!

Quando os magistrados saíram do Círculo, puderam ver o inspetor Béchoux, que gesticulava, sem palavras, num deplorável estado de nervos. E, ao seu lado, encostado na parede, Jim Barnett segurando as costelas, com lágrimas nos olhos, rindo!

... e como ele ria!...

O HOMEM COM DENTES DE OURO

Jim Barnett, levantando a cortina da janela que fechava o escritório da agência para a rua, deu uma grande gargalhada e teve que se sentar. Teve um ataque de riso de amolecer as pernas.

— Não acredito! Por essa eu não esperava! Béchoux veio me ver! Deus! Que engraçado!

— O que tem isso de engraçado? perguntou o inspetor Béchoux, assim que entrou.

Olhava para o homem que ria até perder o fôlego, e repetiu piedosamente:

— Qual é a graça?

— A sua visita, por Deus! Depois da história do Círculo de Rouen, teve a coragem de vir aqui. Caramba, Béchoux!

Béchoux estava com um aspecto muito grave, e Barnett tentava se controlar. Mas não conseguia, e continuava a ter ataques de riso que o estrangulavam:

– Desculpe, meu velho Béchoux... mas é tão engraçado! Então, aí está você, um representante qualificado da justiça, aí está você, me trazendo outro pato para depenar! Um milionário, talvez? Um ministro? Vá lá, não fique com essa cara de gato molhado. Não somos amigos? Conte a sua pequena história. Do que se trata? Alguém precisa de ajuda?

Béchoux esforçou-se para reconquistar o seu aprumo e articulou:

– Sim, um padre nos arredores de Paris.

– Quem foi que ele matou, o seu bom padre? Uma ovelha do seu rebanho?

– Não, pelo contrário.

– Hein? Foi uma das ovelhas que o matou? Em que posso ajudar?

– Não... não... apenas...

– Caramba! Hoje você não está muito eloquente, Béchoux! Está bem. Não vamos falar sobre isso. Apenas me leve até o bom pároco. A minha mala está sempre pronta, quando se trata de te seguir.

A pequena aldeia de Vaneuil espalha-se pelas encostas de três colinas, que formam um cenário verde para sua antiga igreja românica. Atrás da nave desta igreja há um lindo cemitério campestre, delimitado à direita pela sebe de uma grande fazenda onde fica uma casa senhorial, e à esquerda pelo muro do conselho episcopal.

Foi até aqui, à sala de jantar do presbitério, que Béchoux trouxe Jim Barnett; e foi onde apresentou-o como detetive para alguém que não conhecia a palavra *impossível*, o abade Dessole. Era de fato um bom padre, na aparência e na realidade, gordo o suficiente, untuoso e rosado, de meia-idade; e seu rosto, obviamente plácido, exprimia preocupações às quais não estava acostumado. Barnett reparou nas suas mãos calosas, nos seus punhos rendados e na sua barriga saliente, que esticava a estola de uma batina simples e brilhante.

– Padre, – disse Barnett – não sei nada sobre o assunto que vos preocupa. O meu amigo, o inspetor Béchoux, apenas me disse que o conhecia. Pode agora dar-me alguma explicação, sem se perder em pormenores inúteis?

O abade Dessole deve ter preparado a sua narrativa; pois, de imediato e sem hesitação, trazendo uma voz de baixo cantante lá do fundo do seu queixo duplo, começou a falar:

— Deve saber, sr. Barnett, que os humildes servos desta paróquia são ao mesmo tempo guardiães de um tesouro religioso que, no século XVIII, foi legado à nossa Igreja pelos governadores do Château de Vaneuil. Dois ostensórios de ouro, dois crucifixos, tochas, um tabernáculo... Existem – ai de mim! eu deveria dizer, *existiam?* – nove peças valiosas, que as pessoas de todos os lugares vinham admirar. De minha parte...

O abade Dessole enxugou a testa, de onde brotava um leve suor, e continuou:

— De minha parte, devo dizer que sempre soube que este dever era cheio de perigos, e que o cumpria com tamanha atenção, em que havia tanto consciência como medo. Desta janela vocês podem ver a nave da igreja, e a sacristia de paredes grossas onde os objetos sagrados eram guardados. Nesta sacristia há uma única porta, feita de carvalho maciço, que se abre para o coro. Eu sou o único que possui a enorme chave. Eu sou o único que pode abrir o cofre do tesouro. Eu sou o único a acompanhar os visitantes. E todas as noites, como a janela do meu quarto fica a menos de cinquenta metros da clarabóia que ilumina a sacristia, eu instalo (sem que ninguém saiba) uma corda projetada para me acordar com o toque de um sino, à menor tentativa de arrombamento. Além disso, tomo a precaução de trazer todas as noites, para o meu quarto, o bem mais precioso de todos: um relicário incrustrado de joias. Ora, naquela noite...

Pela segunda vez, o abade Dessole passou o lenço sobre a testa. As gotas de suor cresciam em número e importância, à medida que a trágica aventura se desdobrava. Ele continuou:

— Ora, naquela noite, por volta da uma hora da manhã, não foi o toque de um sino que me tirou da cama, mal disposto e cambaleante na escuridão, mas o som de algo caindo no chão. Eu pensei no relicário. Teria sido roubado? Eu gritei: *"Quem está aí?"* Não houve resposta, mas tive certeza de que havia alguém aqui, e tive certeza de que a janela tinha sido arrombada, pois podia sentir o frio vindo do exterior. Tateei no escuro em busca da minha lanterna elétrica, ergui o braço e a acendi. Em um relance, vi uma figura encolhida, que usava um chapéu cinzento de abas dobradas, e um sobretudo marrom de golas levantadas. E na boca, que estava semiaberta como uma carranca, pude claramente distinguir dois dentes de ouro à esquerda. De imediato, com um golpe brusco no meu braço, o homem me fez derrubar a minha lanterna, e corri em sua direção. Mas para onde ele foi? Com o golpe, esbarrei no mármore da lareira, em frente à janela. Quando consegui encontrar alguns fósforos, o meu quarto estava vazio. Uma escada, que tinha sido retirada do meu celeiro, estava encostada ao peitoril da varanda. O relicário já não estava mais em seu esconderijo. Vesti-me apressadamente e corri para a sacristia. O tesouro tinha desaparecido.

Pela terceira vez, o abade Dessole enxugou o seu rosto. Ele transpirava muito. As gotas desciam em cascata.

– E claro – disse Barnett –, a claraboia foi quebrada, e o fio de alarme cortado? O que prova, que o golpe foi executado por alguém que conhece o local e os seus hábitos, certo? E em que momento, padre, o senhor partiu em perseguição?

– Eu cometi o erro de gritar "ladrão", e me arrependi depois, pois meus superiores não gostam de escândalos e me culparam por todo o barulho que está sendo feito em torno do caso. Apenas meu vizinho ouviu meu chamado. O barão de Gravières, que é dono da fazenda do outro lado do cemitério há vinte anos, concordou comigo: antes de notificar a polícia e apresentar uma queixa, eu deveria tentar recuperar os objetos roubados. Como ele tem um carro, pedi a ele que fosse a Paris para encontrar o inspetor Béchoux.

– E eu estava aqui às oito horas da manhã – disse Béchoux, sentindo-se todo importante. – Às onze horas, o caso estava resolvido.

– Hein? O que você está dizendo? – exclamou Barnett. – Já tem um culpado?

Béchoux esticou o seu dedo indicador em direção ao teto, com um gesto teatral.

– Lá em cima, trancado no sótão, sob a guarda do barão de Gravières.

– Meu Deus! Que golpe de mestre! Diga-nos, Béchoux, mas seja breve, hein?

– Um simples quebra-cabeças – disse o inspetor, ansioso por elogios, todo eloquente. – 1º) havia muitas pegadas no chão molhado, entre a igreja e o presbitério; 2º) o exame das pegadas prova que havia apenas um malfeitor, e que primeiro ele levou os objetos preciosos a alguma distância, e depois voltou pela escada do presbitério; 3º) esta segunda tentativa falhou, e ele voltou para pegar seu saque e fugir pela estrada principal. A trilha se perdeu nas proximidades da Pousada Hippolyte.

– Imediatamente – disse Barnett –, você interrogou o dono da estalagem...

– E o dono da estalagem – continuou Béchoux – me respondeu: *"Um homem de chapéu cinzento, usando sobretudo castanho, e com dois dentes de ouro? Mas é o sr. Vernisson, o caixeiro viajante... Sr. Quatro de Março, como o chamamos, já que ele passa por aqui todos os anos no dia 4 de março. Chegou ontem, ao meio-dia, ao pequeno trote do seu cavalo, arrumou o seu cabriolé, almoçou, e depois foi visitar os seus clientes." "A que horas ele chegou?" "Ao bater das duas horas da manhã, como de costume." "E ele já foi embora?" "Há quarenta minutos, em direção a Chantilly"*.

– Mas em que parte – cortou Barnett – você partiu em sua perseguição?

– O barão levou-me no seu carro. Ultrapassamos o sr. Vernisson, e, apesar dos seus protestos, o forçamos a voltar atrás.

– E ele confessou? – perguntou Barnett.

– Sem convicção. Ele apenas diz: *"Não contem nada para a minha mulher, não deixem que a minha mulher seja avisada"*.

– Mas, e o tesouro?

– Nada no porta-malas do carro.

– Mas as provas são claras?

– Totalmente. Os seus sapatos encaixam perfeitamente nas pegadas do cemitério. Além disso, o padre afirma ter se encontrado com este mesmo indivíduo no final da tarde, no cemitério. Portanto, não há dúvidas.

– Bem, então o que há de errado? Por que me chamou?

– Essa é uma história do padre... – disse Béchoux, com um olhar desagradado. – Não estamos de acordo quanto a um ponto secundário.

– Secundário... é o que você acha – formulou o abade Dessole, cujo lenço parecia emergir da água.

– Qual é o problema, padre? – perguntou Barnett.

– Bem, é o seguinte – disse o abade Dessole. – É sobre...

– Sobre o quê?

– Sobre os dentes de ouro... O sr. Vernisson tem dois. Mas...

– Mas...?

– Eles ficam à direita... enquanto os que vi estavam à esquerda.

Jim Barnett não conseguiu manter a seriedade. Uma risada repentina apoderou-se dele. Enquanto o abade Dessole o encarava desnorteado, ele exclamou:

– Para a direita? Que catástrofe! Mas o senhor tem certeza de que não está enganado?

– Tomo Deus como minha testemunha.

– Mas o senhor já tinha visto esse sujeito antes?

– No cemitério. Era o mesmo homem. Mas à noite, não pode ter sido o mesmo, uma vez que os dentes de ouro estavam à esquerda, e os dele estão à direita.

– Talvez ele tenha mudado os dentes para o outro lado – caçoou Barnett, que ria cada vez mais. – Béchoux, traga-nos o sujeito.

Dois minutos depois, entrou o sr. Vernisson, digno de pena, curvado, uma figura melancólica de bigode caído. Estava acompanhado pelo barão de Gravières, um ogro robusto, de ombros quadrados, que levava uma pistola na mão. E de imediato o sr. Vernisson, que parecia aturdido, começou a choramingar:

– Não sei nada sobre esse caso... objetos preciosos, uma fechadura quebrada? O que é que isso significa?

– Confesse – ordenou Béchoux –, em vez de gaguejar!

– Confesso o que vocês quiserem, desde que a minha mulher não fique sabendo de nada. Isso não. Vou me encontrar com ela em nossa casa, perto de Arras, na próxima semana. Devo estar lá, e ela não pode saber de nada.

A emoção e o medo abriam sua boca torta, em uma fenda onde os dois dentes de metal podiam ser vistos. Jim Barnett se aproximou, colocou dois dedos naquela fenda e concluiu gravemente:

– Eles não se movem. Estão realmente do lado direito. E o padre viu dentes do lado esquerdo.

O inspetor Béchoux ficou furioso.

– Isso não muda nada!... Já temos o ladrão. Ele tem vindo à aldeia por vários anos para planejar o seu ataque. É ele! O padre não viu direito.

O abade Dessole estendeu solenemente os seus braços:

– Tomo Deus como testemunha de que os dentes estavam do lado esquerdo.

– À direita!

– À esquerda!

– Vamos, sem discussão – disse Barnett, chamando os dois à parte. – Em suma, padre, o que é que o senhor quer?

– Uma explicação que me dê certeza.

– Sem a qual?...

– Sem a qual vou procurar a lei, como deveria ter feito desde o início. Se este homem não for culpado, não temos o direito de detê-lo. E tenho certeza, os dentes de ouro do meu agressor estavam à esquerda.

– À direita! – proferiu Béchoux.

– À esquerda! – insistia o padre.

– Nem para a direita nem para a esquerda – declarou Barnett, que estava se divertindo muito. – Entregarei o culpado a vocês amanhã de manhã, aqui às nove horas, e ele mesmo dirá onde se encontram os objetos preciosos. O padre passará a noite nesta poltrona, o barão nesta outra poltrona, e o sr. Vernisson naquela outra ali. Acorde-me às oito e quarenta e cinco, Béchoux. Quero torradas, chocolate e ovos cozidos.

Até o final do dia, Jim Barnett foi visto por todos os lados. Viram-no examinando as sepulturas no cemitério, uma por uma; viram-no em visita ao quarto do padre. Foi visto na agência dos correios, de onde fez algumas ligações. Foi visto na Pousada Hippolyte, onde jantou com o proprietário. Foi visto pela estrada e pelos campos.

Não voltou antes das duas da manhã. O barão e o inspetor, abraçados com o homem com os dentes de ouro, roncavam alto, como se cada um quisesse abafar o ressonar do outro. Ao ouvir Barnett, o sr. Vernisson resmungou:

– Não deixem a minha mulher saber...

Jim Barnett se jogou no chão e adormeceu imediatamente.

Às oito e quarenta e cinco, Béchoux acordou-o. O café da manhã estava pronto. Barnett engoliu quatro torradas, o seu chocolate, os seus ovos, fez os seus ouvintes sentarem-se à sua volta e disse:

– Vou cumprir a minha promessa, na hora marcada. E você, Béchoux! Vou te mostrar como todos os truques profissionais, impressões digitais, pontas de cigarro e outras besteiras têm pouco peso em comparação com os dados imediatos, obtidos a partir de uma inteligência clara, apoiada por um pouco de intuição e experiência. Começo com o sr. Vernisson.

– Façam o que quiserem comigo, desde que a minha mulher não seja informada! – gaguejou o sr. Vernisson, que parecia assolado pela insônia e pela ansiedade.

Jim Barnett pronunciou:

– Há dezoito anos atrás, Alexandre Vernisson, que já viajava como representante de uma fábrica de alfinetes, encontrou-se aqui, em Vaneuil, com uma srta. Angélica, costureira do povoado. Foi amor à primeira vista para ambos os lados. O sr. Vernisson obteve algumas semanas de licença, cortejou e conquistou a menina Angélica, que o amava ternamente. Ela o mimou, fez dele um homem muito feliz, e morreu dois anos mais tarde. Ele nunca se consolou e, embora mais tarde tenha sucumbido às investidas de uma tal srta. Honorine e se casado com ela, a memória da srta. Angélica permaneceu ainda mais viva. Honorine – uma pessoa muito maldosa e ciumenta – não para de persegui-lo e censurá-lo por esse grande amor, do qual o acaso lhe revelou todos os pormenores. Daí surgiu a comovente e misteriosa peregrinação a Vaneuil, que Alexandre Vernisson faz todos os anos. Estamos de acordo, sr. Vernisson?

– Qualquer coisa – respondeu este último –, desde que...

Jim Barnett continuou:

– Assim, todos os anos, o sr. Vernisson organiza as suas rotas comerciais, de modo a passar por Vaneuil sem que madame Honorine fique sabendo. Ajoelha-se sobre o túmulo de Angélica, no aniversário da sua morte, naquele cemitério onde ela queria ser enterrada. Ele caminha para os lugares onde caminharam juntos no dia em que se conheceram, e só regressa à estalagem quase na hora de ir embora. Poderão ver aqui perto a humilde cruz, cujo epitáfio me informou sobre os hábitos do sr. Vernisson:

**AQUI JAZ ANGÉLICA
MORTA NO DIA 4 DE MARÇO. ALEXANDRE A AMAVA,
E AINDA CHORA POR ELA!**

– Compreendem agora por que é que o sr. Vernisson tem tanto medo que a sra. Vernisson seja informada de sua desventura? O que diria ela, a irascível sra. Vernisson, se soubesse que o infiel sr. Vernisson é suspeito de roubo, por culpa de sua falecida amada?

O sr. Vernisson não parava de chorar, fazendo jus ao epitáfio. Ele também chorava ao imaginar antecipadamente as represálias da sra. Vernisson. Obviamente isso era tudo que importava, e o resto da história era estranho para ele. Béchoux, o barão de Gravières e o abade Dessole escutavam com atenção apaixonada.

– Assim, – continuou Barnett – está esclarecido um dos problemas, a presença regular do sr. Vernisson em Vaneuil. Esta solução conduz logicamente a elucidação do enigma do tesouro. Os dois fatos estão intimamente relacionados. Os senhores admitirão que um tesouro tão considerável deve excitar a imaginação e desencadear a cobiça. A ideia de roubo deve ter surgido na mente de muitos visitantes, e de bastante gente no país. Roubo difícil, devido às precauções tomadas pelo padre, mas menos laborioso para alguém que teve a oportunidade de conhecer estas precauções, e a possibilidade, durante anos, de estudar o terreno, arquitetar o seu plano e evitar o perigo de uma acusação. Eis a chave de tudo: não levantar suspeitas. E, para não ser suspeito, a melhor maneira é desviar a desconfiança para outra pessoa... para aquele homem, por exemplo, que regressa furtivamente ao cemitério em uma data fixa, que se esconde, e cujos hábitos obscuros fariam dele o suspeito principal! E então, lentamente, pacientemente, a trama é tecida. O chapéu cinzento, o sobretudo castanho, as pegadas dos sapatos, os dentes de ouro, tudo isto é meticulosamente calculado. O culpado será esta pessoa desconhecida, e não o verdadeiro ladrão, ou seja, aquele que, nas sombras, familiarizado talvez com a igreja, continua com suas manobras, ano após ano.

Barnett ficou em silêncio por um momento. A verdade estava prestes a ser revelada. O sr. Vernisson estava assumindo o papel de vítima. Barnett estendeu a sua mão.

– A sra. Vernisson não suspeitará da sua peregrinação. Sr. Vernisson, por favor, desculpe-nos pelo erro cometido em relação à sua pessoa, durante os últimos dois dias. E desculpe-me se, esta noite, revistei o seu cabriolé e descobri, no fundo falso do seu baú, o esconderijo onde guarda as cartas da srta. Angélica e as suas confidências privadas. Está livre, sr. Vernisson.

O sr. Vernisson se levantou.

– Um momento! – protestou Béchoux, confuso e indignado.

– Fala, Béchoux.

— E os dentes de ouro? – gritou o inspetor. – Pois não devemos fugir a essa questão. O padre viu, com os seus próprios olhos, dois dentes de ouro na boca do ladrão. E o sr. Vernisson tem dois dentes de ouro aqui à direita! Isso é um fato.

— Os que vi estavam à esquerda – retificou o abade.

— Ou à direita.

— À esquerda, afirmo eu.

Jim Barnett começou a rir de novo.

— Macacos me mordam, fiquem quietos! Estão brigando por uma besteira. Como pode você, Béchoux, inspetor da Sûreté, ainda se abalar com um pequeno e pobre detalhe como esse! É uma brincadeira de criança! É um problema de escola! Padre, este quarto é uma réplica exata do seu quarto, não é?

— Exatamente. O meu quarto fica no andar de cima.

— Feche as persianas, padre, e desça as cortinas. Sr. Vernisson, empreste-me o seu chapéu e o seu sobretudo.

Jim Barnett colocou o chapéu cinzento de abas dobradas, e vestiu o sobretudo marrom de colarinho virado para cima; depois, quando a sala ficou completamente escura, tirou uma lanterna elétrica do bolso e plantou-se diante do padre, enviando o fluxo de luz para a sua boca aberta.

— O homem! O homem com dentes de ouro! – gaguejou o abade Dessole, olhando para Barnett.

— De que lado estão eles, os meus dentes de ouro, padre?

— À direita, e os que vi estavam à esquerda.

Jim Barnett desligou a sua lâmpada, agarrou o abade pelos ombros e girou-o várias vezes, como se fosse um pião. Depois, abruptamente, acendeu a luz de novo, dizendo num tom imperioso:

— Olha para a frente... bem à tua frente. Vê os dentes de ouro? De que lado?

— À esquerda – disse o abade, atordoado.

– À direita... ou à esquerda... o senhor não tem certeza. Bem, padre, foi o que aconteceu na outra noite. Quando saltou da cama de repente, não percebeu que estava de costas para a janela, que estava à frente da lareira, e que o homem não estava à sua frente, mas ao seu lado; e que, ao acender a sua lanterna, projetava a luz não sobre ele, mas sobre a sua imagem refletida no espelho. E foi o mesmo fenômeno que eu causei, ao atordoá-lo com algumas piruetas. Compreende agora? E devo lembrar que um espelho reflete um objeto, mostrando o lado direito à esquerda e o lado esquerdo à direita? Daí concluímos que o senhor viu à esquerda os dentes de ouro que estavam à direita.

– Sim! – gritou vitoriosamente o inspetor Béchoux. – Isso quer dizer que eu estava certo, e o padre não estava errado ao afirmar que tinha visto dentes de ouro. Portanto, é necessário que nos apresente no lugar do sr. Vernisson uma pessoa que tenha dentes de ouro.

– Não há necessidade.

– Mas o ladrão tinha dentes de ouro!

– Será que eu tenho? – disse Barnett.

Tirou da boca uma folha de papel dourado que tinha a forma dos seus dois dentes.

– Aqui está a prova. É convincente, não é? Com marcas de sapatos, um chapéu cinzento, um sobretudo marrom e dois dentes de ouro, pode-se fazer um incontestável sr. Vernisson. E como é fácil! Tudo o que se tem de fazer é obter um papel dourado... como este, que vem da mesma loja em Vaneuil onde o barão de Gravières comprou uma folha de papel dourado há três meses.

A frase, solta com negligência, foi prolongada por um silêncio surpreendente. Para dizer a verdade, Béchoux, a quem o argumento de Barnett tinha conduzido passo a passo em direção ao objetivo, não ficou de outra forma surpreendido. Mas o abade Dessole permaneceu como se estivesse sufocado. Ele observava furtivamente o seu honrado paroquiano, o barão de Gravières. Este último, muito vermelho, não proferia uma palavra.

Barnett devolveu o chapéu e o sobretudo ao sr. Vernisson, que se retirou, murmurando:

– Vocês me dão certeza, não é? A sra. Vernisson não saberá de nada? Seria terrível se ela soubesse... Imaginem só!

Barnett conduziu-o, e depois voltou, com um ar alegre. Ele esfregava as mãos.

– Excelente! Foi jogo rápido! Até me sinto orgulhoso. Viu como se faz, Béchoux? É o mesmo procedimento que utilizei nas outras vezes em que trabalhamos juntos. Começamos por não acusar o principal suspeito. Não lhe pedimos explicações. Nem nos preocupamos com ele. Mas, sem que ele desconfie, toda a aventura é gradualmente reconstruída em sua presença. Ele revive o papel que desempenhou. Ele observa, cada vez mais assustado, enquanto começa a vir à tona tudo o que ele pensava estar enterrado na escuridão para sempre. E ele começa a se sentir enrolado, amarrado, impotente, confuso... ele sabe tão bem que todas as evidências necessárias já foram reunidas contra ele... seus nervos ficam abalados a tal ponto, que ele nem pensa em se defender ou protestar. Não é assim, barão? Estamos de acordo, não é mesmo? Ainda preciso mostrar as minhas provas? Estas aqui são suficientes para o senhor?

O barão de Gravières devia estar sentindo as próprias impressões que Barnett descrevia, pois não esboçava reação ao ataque, nem tentava esconder a sua angústia. Sua atitude não seria diferente se tivesse sido apanhado em flagrante.

Jim Barnett aproximou-se dele, e serenamente tranquilizou-o.

– Não há nada a temer, senhor barão. O abade Dessole, que deseja evitar o escândalo a todo o custo, pede-lhe simplesmente que devolva os objetos preciosos. Em troca do qual será dispensado.

O barão de Gravières levantou a cabeça, considerou o seu terrível adversário por um momento, e, sob o olhar inflexível do vitorioso, murmurou:

– Não haverá queixa?... Não vamos falar nada?... Será que o senhor padre promete fazê-lo?

– Nada, prometo – disse o abade Dessole. – Esquecerei tudo, assim que o tesouro tiver retornado ao seu lugar. Mas será possível, senhor barão? O senhor! Foi o senhor quem cometeu tal crime! O senhor, em quem eu depositei tanta confiança! Um dos meus fiéis paroquianos!

Sr. de Gravières sussurrava humildemente, como uma criança que admite a sua culpa e se alivia ao confessá-la:

– Foi mais forte do que eu, padre. Eu pensava naquele tesouro o tempo todo, e estava ali, ao alcance das minhas mãos... Eu tentei resistir... eu não queria... foi uma grande luta dentro de mim...

– Será possível? – repetia dolorosamente o abade. – Será possível?!

– Sim... Eu perdi muito dinheiro em especulações. Como eu iria viver? Veja, padre, nos últimos dois meses tenho reunido em um canto da minha garagem todo o meu mobiliário antigo, meus belos pêndulos, minhas tapeçarias. Eu queria vendê-los... então eu estaria salvo. Mas o meu coração estava em pedaços... e o 4 de março se aproximava... Veio a tentação... a ideia de dar o golpe como eu tinha planejado... e eu sucumbi. Perdoe-me...

– Eu te perdoo, – disse o abade Dessole – e rogarei a Deus para que ele não te dê um castigo severo demais.

O barão se levantou e disse, em tom resoluto:

– Venham. Tenham a bondade de me seguir, por favor.

Seguiram pela estrada principal, como pessoas que saíam para dar um passeio. O abade Dessole enxugava o suor do seu rosto. O barão caminhava a passos pesados, com as costas encurvadas. Béchoux estava preocupado: não tinha dúvidas de que Barnett, que tinha desvendado o caso tão rapidamente, já teria alegremente confiscado os objetos preciosos.

Jim Barnett, ao seu lado, estava muito à vontade:

– Béchoux, seu cego! Como você não percebeu quem era o verdadeiro culpado? Deduzi imediatamente que o sr. Vernisson não poderia ter planejado tal maquinação, no ritmo de uma viagem por ano, e que deveria ser de um homem do próprio povoado – um vizinho, de preferência. E esse vizinho era o barão, cuja residência tem uma visão direta da igreja e do presbitério! Ele conhecia todas as precauções do padre. Observava todas as peregrinações em datas fixas do sr. Vernisson... E então...

Béchoux não dava ouvidos, absorto em temores que a reflexão tornava mais cruéis. E Barnett brincou:

– Então, tendo certeza de minhas conclusões, eu fiz a acusação. A propósito, nem um pedaço de prova, nem uma sombra. Mas eu podia ver o bom homem ficando pálido, à medida que a coisa foi tomando forma, e ele não conseguiu mais se segurar. Ah, Béchoux, não conheço nenhum prazer como esse. E você vê o resultado, Béchoux?

– Sim, eu vejo... ou melhor, vou vê-lo – disse Béchoux, que já estava à espera do golpe de mestre.

O sr. de Gravières tinha contornado as valas da sua propriedade e seguia por um pequeno caminho de heras. Trezentos metros à frente, depois de um bosque de carvalhos, ele parou.

– Aqui – disse ele, com voz seca – no meio deste campo... no moinho de pedra.

Béchoux suspirava amargamente. Mas queria terminar logo com isso, e apressou-se, seguido pelos outros.

O moinho de pedra era de pequenas dimensões. Em um minuto ele liberou o mecanismo, espalhando os fardos de feno acumulados. E de repente ele proferiu um clamor de triunfo.

– Aqui estão eles! Um ostensório! uma tocha! um candelabro... seis objetos! Sete!

– Deve haver nove – gritou o abade.

– Nove... aqui estão! Muito bem, Barnett! Muito inteligente!

Ah, esse Barnett...

O abade desfalecia de felicidade, pressionando os objetos encontrados contra o seu peito, e murmurando:

– Sr. Barnett, como eu te agradeço! A Divina Providência vai recompensá-lo.

Instantes depois, o inspetor Béchoux pôde constatar que não se enganou ao prever um golpe de mestre.

No regresso, quando o sr. de Gravières e os seus companheiros caminhavam novamente pela propriedade, ouviram gritos vindos do pomar. O sr. de Gravières correu para a garagem, onde três criados da fazenda estavam gesticulando.

Imediatamente, adivinhou a natureza da catástrofe e viu a extensão da mesma. A porta de um pequeno barracão adjacente à garagem tinha sido arrombada; e todo o mobiliário antigo, os belos relógios e tapeçarias que estavam trancados neste barracão e eram os seus últimos recursos – tudo tinha desaparecido.

– Que desgraça! – ele gaguejava e cambaleava – Quando tudo isso foi roubado?

– Ouvimos os cães latindo ontem à noite, – disse um criado –por volta das onze horas.

– Mas como isso aconteceu?

– Levaram tudo no carro, senhor barão.

– O meu carro! Também foi roubado!

O barão caiu chorando nos braços do abade Dessole, que gentilmente o consolava com gestos paternais.

– O castigo não demorou muito a chegar, meu pobre filho... Aceite-o com espírito de contrição...

Béchoux tinha cerrado os punhos e caminhava lentamente em direção a Jim Barnett, pronto para atacá-lo.

– Registre uma queixa na polícia, sr. barão – rosnou com raiva. – Garanto que os seus móveis não estão perdidos.

– Por Deus, não, não estão perdidos – disse Barnett, sorrindo amigavelmente. – Mas fazer uma queixa seria muito perigoso para o sr. barão.

Béchoux avançava, com o olhar cada vez mais duro e a atitude cada vez mais ameaçadora. Mas Barnett veio ao seu encontro, e cercou-o.

– Sabe o que teria acontecido sem mim? O padre não teria encontrado o seu tesouro. O inocente Vernisson seria preso, e a sra. Vernisson descobriria o segredo do marido. Enfim, acho que você teria que se matar.

Béchoux afundou-se no tronco cortado de uma árvore. Ele estava sufocando de raiva.

– Rápido, sr. barão – gritou Barnett –, uma bebida para Béchoux! Ele está passando mal!

O sr. de Gravières deu ordens. Uma garrafa de vinho velho foi trazida. Béchoux bebeu um copo. O abade também. O sr. de Gravières bebeu o resto...

AS DOZE AFRICANAS DE BÉCHOUX

O primeiro cuidado do sr. Gassire, ao acordar, foi verificar se o pacote de títulos, que ele havia trazido na noite anterior, ainda estava na mesa de cabeceira onde o havia depositado.

Assegurado, ele se levantou e se lavou.

Nicolas Gassire, um homem pequeno, gordo e de cara magra, era um homem de negócios no distrito dos Invalides, e tinha uma clientela de pessoas sérias que lhe confiavam suas economias, e a quem ele oferecia os melhores rendimentos, graças às bem-sucedidas especulações na bolsa de valores e às operações secretas de agiotagem.

Ele ocupava um apartamento, no primeiro andar de antigo prédio do qual era proprietário. O ambiente era composto por uma antessala, um quarto, uma sala de jantar usada como escritório, uma sala onde três funcionários vinham para trabalhar e, no final, uma cozinha.

Muito parcimonioso, ele não tinha empregada. Todas as manhãs, às oito horas, vinha a zeladora (uma mulher pesada, ativa e alegre) que trazia sua correspondência, fazia as tarefas domésticas e colocava um croissant e uma xícara de café em sua mesa.

Naquela manhã, a mulher saiu às oito e meia; e o sr. Gassire, como fazia todos os dias enquanto esperava por seus funcionários, comia calmamente, abria suas cartas e lia seu jornal. Mas, de repente, faltando exatamente cinco minutos para as nove horas, ele pensou ter ouvido um barulho em seu quarto. Lembrando-se do pacote de títulos que havia deixado lá, correu em disparada. O maço de títulos havia desaparecido e, ao mesmo tempo, a porta da antessala se fechava violentamente.

Ele queria abri-la. Mas a fechadura só funcionava com a chave, e esta chave o sr. Gassire tinha deixado em sua mesa.

– Se eu for procurá-la, – pensou ele – o ladrão escapará sem ser visto.

O sr. Gassire abriu a janela da antessala, que dava para a rua. Naquele momento, era materialmente impossível que alguém tivesse tido tempo de sair da casa. E, na verdade, a rua estava deserta. Em meio ao pânico, Nicolas Gassire não pediu ajuda. Mas, alguns segundos depois, vendo seu principal funcionário emergindo da avenida vizinha e vindo em direção à casa, ele acenou.

– Rápido! Rápido, Sarlonat! – disse ele, curvando-se – Entre, feche a porta e não deixe ninguém passar. Fui assaltado!

Assim que seu pedido foi atendido, ele se apressou a descer as escadas, ofegante, perturbado.

– E então, Sarlonat, alguém?

– Ninguém, sr. Gassire.

Ele correu para o alojamento da zeladora, que ficava entre o fundo das escadas e um pátio escurecido. A zeladora estava varrendo.

– Fui assaltado, sra. Alain! – exclamou ele. – Será que ninguém veio se esconder aqui?

– Claro que não, sr. Gassire! – gaguejou a enorme senhora, desconcertada.

– Onde a senhora guarda a chave do meu apartamento?

– Aqui, sr. Gassire, atrás do relógio. Ninguém pode ter mexido nela, pois estou aqui no meu apartamento há mais de meia hora.

– Então o ladrão, ao invés de descer, subiu as escadas. Ah, isso é assustador!

Nicolas Gassire voltou para a entrada. Seus dois outros funcionários estavam chegando. Em algumas frases sem fôlego, ele lhes deu, com toda pressa, suas instruções. Ninguém deveria passar, em qualquer direção, até que ele tivesse retornado.

– Entendido, Sarlonat?

Imediatamente subiu as escadas e correu para casa.

– Alô! – gritava ele, empunhando o telefone – Alô! A delegacia de polícia... Não, senhorita, não quero falar com a Prefeitura! Quero falar com o café da delegacia... O número? Não sei!... Rápido... a informação é pra hoje, senhorita!

Finalmente, ele conseguiu falar com o dono do café e disse:

– O inspetor Béchoux está aí? Chame-o... Imediatamente... A toda velocidade... Ele é um dos meus clientes... Não há um segundo a perder. Alô! Inspetor Béchoux? É o sr. Gassire que está falando, Béchoux. Sim, estou bem... ou melhor, não... Eles me roubaram alguns títulos, um pacote... Estou esperando por você. O quê? Como é que é? Impossível? Você vai sair de férias? Mas eu não estou nem aí com as suas férias! Você tem que vir correndo, Béchoux... pode correr! Suas doze ações das Minas Africanas estavam no pacote!

Do outro lado da linha, o sr. Gassire ouviu um tremendo: *"Filho da...!"*, o que lhe assegurou plenamente das intenções e da prontidão do inspetor Béchoux.

De fato, quinze minutos depois, o inspetor Béchoux chegou com pressa, todo descomposto, e correu até o homem de negócios.

– Minhas *Africanas*!... Todas as minhas economias! Onde elas estão?

– Roubadas! Junto com todos os títulos dos meus clientes... todos os meus títulos!

– Roubadas!

– Sim, no meu quarto, há uma meia hora.

– Droga! Mas o que minhas *Africanas* estavam fazendo no seu quarto?

– Eu tirei ontem o pacote do meu cofre do Crédit Lyonnais, e ia depositá-lo em outro banco. Achava mais conveniente. Mas eu errei...

Béchoux sacudia Gassire pelos ombros, com suas mãos de ferro.

– Você é o responsável, Gassire. Você vai me reembolsar!

– Com o quê? Estou arruinado.

– Arruinado? E esta casa?

– Hipotecada até o último tijolo.

Os dois homens pulavam e vociferavam um com o outro. A zeladora e os três funcionários também tinham perdido a cabeça e bloqueavam o caminho de duas jovens, inquilinas do terceiro andar, que queriam sair de casa a qualquer custo.

– Ninguém sai! – gritava Béchoux, fora de si. Ninguém sai, até aparecerem as minhas doze *Africanas*!

– Talvez precisemos de ajuda... – sugeriu Gassire. – o açougueiro... o merceeiro... eles são pessoas confiáveis.

– Eu não quero ajuda – articulou Béchoux. – Se fosse para chamarmos alguém, eu telefonaria para a agência Barnett, na Rue de Laborde. E depois faria uma queixa. Mas isso seria uma perda de tempo. Agora, temos que agir.

Ele tentava se controlar, impelido por sua responsabilidade como líder. Mas seus gestos inquietos e o aperto de sua boca denunciavam um nervosismo extremo.

– Vamos manter o sangue frio – disse ele a Gassire. – Em suma, estamos no caminho certo. Ninguém saiu. Portanto, temos que pegar minhas doze *Africanas* antes que sejam levadas. Isso é o principal.

Ele interrogou as duas garotas. Uma era datilógrafa, trabalhava em casa copiando circulares e relatórios. A outra também dava aulas de flauta em casa. Elas queriam sair e fazer compras para o almoço.

– Mil perdões! – respondeu Béchoux, inflexível. – Mas nesta manhã, a porta da rua permanecerá fechada. Sr. Gassire, dois de seus funcionários ficarão aqui permanentemente. O terceiro fará as compras para as moças. Eles poderão sair, mas com minha permissão. E todos os pacotes, caixas, listas de compras, itens suspeitos serão rigorosamente examinados. Essa é a instrução. Quanto a nós, sr. Gassire, vamos ao trabalho! A zeladora nos conduzirá.

A disposição do prédio facilitava a investigação. Três andares. Apenas um apartamento por andar, totalizando quatro apartamentos com o do andar térreo, desocupado no momento. No primeiro andar, sr. Gassire. No segundo, o sr. Touffémont, deputado, ex-ministro. No terceiro, que era dividido em dois pequenos apartamentos, moravam a srta. Legoffier, datilógrafa, e a srta. Haveline, professora de flauta.

Naquela manhã, tendo o deputado Touffémont ido às oito e meia para a Câmara, onde ele presidia um comitê, e sendo a faxina de sua casa feita por uma senhora que só viria na hora do almoço, eles esperaram por seu retorno. Mas os apartamentos das duas senhoritas foram objeto de uma minuciosa investigação. Em seguida, cada recanto do sótão, aonde se chegava por uma escada, foi escrutado; depois o pátio, e por último o apartamento do próprio sr. Nicolas Gassire.

Nada foi encontrado. Béchoux pensava amargamente em suas doze *Africanas*.

Por volta do meio-dia, chegou o deputado Touffémont. Ele era um parlamentar sério, sobrecarregado por sua fama de ex-ministro, grande trabalhador, respeitado por todos os partidos, e cujas raras mas decisivas interpelações faziam tremer os governos. Ele caminhava com passos medidos até o alojamento da zeladora para pegar sua correspondência, quando Gassire o interpelou e relatou o roubo do qual ele fora a vítima.

O deputado Touffémont ouviu com a grave atenção que parecia dar às observações mais insignificantes. Prometeu sua assistência, no caso de Gassire decidir apresentar uma queixa, e insistiu para que seu apartamento fosse revistado.

– Quem sabe – disse ele – se alguém por aí não está de posse de uma chave falsa?

A busca foi feita. Não havia nada. O caso definitivamente não ia bem, e os dois homens se revezavam, tentando se animar com frases reconfortantes que soavam vazias.

Eles decidiram almoçar em um pequeno café, bem em frente, o que lhes permitiria ficar de olho na casa. Mas Béchoux não estava com fome: as suas doze *Africanas* pesavam no estômago. Gassire reclamava de vertigens, e ambos debatiam o assunto em todas as direções, esperando descobrir alguma coisa.

– É bastante simples – disse Béchoux. – Alguém invadiu a sua casa e roubou os títulos. Mas, como este alguém não pôde sair, quer dizer que ainda está lá dentro.

– Por Deus! – aprovou Gassire.

– E se ele está no prédio, minhas doze *Africanas* também estão lá. Não voem pelo teto, meninas, pelo amor de Deus!

– E meus títulos também! – acrescentou Nicolas Gassire.

– Então, aqui estamos, – continuou Béchoux – com esta certeza, fundada sobre bases sólidas, de que...

Ele não terminou de falar. Seus olhos expressaram um terror repentino. Ele olhava para o outro lado da rua, onde um homem caminhava com pressa em direção à casa.

– Barnett! – murmurou ele. – Barnett! Quem contou para ele?

– Você me falou sobre ele, sobre a agência Barnett na Rue de Laborde, – confessou Gassire, um pouco envergonhado – e eu pensei que, em circunstâncias tão cruéis, um telefonema não seria inútil.

– Mas isso é uma estupidez! – gaguejou Béchoux. – Quem está liderando a investigação? Você ou eu? O Barnett não tem nada a ver com isso! O Barnett é um intruso e não é confiável. Ah, não, nada de Barnett!

A cooperação de Barnett lhe pareceu de repente a coisa mais perigosa do mundo. Jim Barnett na casa! Jim Barnett envolvido nessa ocorrência,! Caso a busca fosse bem sucedida, ele escamotearia o pacote de títulos e principalmente o das doze *Africanas*.

Furioso, ele atravessou a rua e, quando Barnett estava prestes a bater à porta, ele se plantou diante dele. Disse baixo, com uma voz trêmula:

– Saia daqui. Nós não precisamos de você. Você foi chamado por engano. Deixe-nos em paz, e suma daqui.

Barnett olhou para ele com espanto.

– Béchoux, meu velho! O que é isso? Você está passando mal?

– Dê meia volta daqui!

– Então é sério, o que me disseram ao telefone? Roubaram as suas economias? Então você não quer um pouco de ajuda?

– Saia daqui! – Béchoux vociferava – Eu sei o quanto custam as suas pequenas dicas. Sempre dói no bolso das pessoas.

– Você teme pelas suas *Africanas*?

– Sim, se você se meter nisso.

– Então não se fala mais sobre isso. Vire-se sozinho.

– Você vai embora?

– De jeito nenhum. Eu tenho um compromisso aqui.

E, dirigindo-se a Gassire, que se juntava a eles e abria a porta:

– Perdoe-me, senhor. Mora aqui a srta. Haveline, professora de flauta, segundo prêmio no Conservatório?

Béchoux ficou indignado.

– Espertinho. Você pergunta por ela porque viu o endereço na placa...

– E daí? – disse Barnett. – Não tenho o direito de ter aulas de flauta?

– Aqui não.

– Sinto muito. Mas eu tenho uma paixão por flautas.

– Eu me oponho formalmente!

– Flauta!

Barnett passou com autoridade, sem que ninguém se atrevesse a detê-lo. Muito contrariado, Béchoux observou-o subindo as escadas. Dez minutos mais tarde, tendo sido feito o acordo, sem dúvida, com a srta. Haveline, as notas hesitantes de uma flauta podiam ser ouvidas descendo do terceiro andar.

– Canalha – murmurou Béchoux, cada vez mais aflito pelas suas doze *Africanas*. – Onde vamos parar, com esse homem infernal?

Ele voltou a trabalhar furiosamente. Visitou o andar térreo desocupado, assim como o alojamento da zeladora, onde, seguramente, os fardos de títulos poderiam ter sido jogados. Foi em vão. Enquanto isso, lá em cima, a tarde toda, a flauta assobiava, incomodava e zombava. Como se pode trabalhar em tais condições? Finalmente, às seis horas, cantando e saltando, Barnett desceu com uma grande caixa na mão.

Uma caixa! Béchoux proferiu um palavrão, apreendeu o objeto e arrancou a tampa. Havia dentro antigas formas de chapéus, e várias peles comidas por traças.

– Como ela não pode sair, a srta. Haveline me pediu para jogar tudo isso no lixo – disse Barnett gravemente. – Como é bonita a srta. Haveline! E que talento na flauta! Ela disse que eu tenho uma disposição incrível, e que, se eu perseverar, posso concorrer a uma vaga de cego pedinte nos degraus de uma igreja.

Béchoux e Gassire ficaram a noite toda em guarda, um do lado de dentro e outro do lado de fora, para ver se o pacote seria atirado pela janela por algum cúmplice. Voltaram a trabalhar na manhã seguinte, mas sua persistência não foi recompensada. As doze *Africanas* e o resto dos títulos permaneciam obstinadamente escondidos.

Às três horas Jim Barnett apareceu novamente, com a caixa vazia na mão, todo sério, saudando-os afavelmente como se fosse um cavalheiro cujo tempo estava totalmente ocupado.

A aula de flauta começou. Escalas. Exercícios. Falsas notas. E, de repente, um silêncio prolongado e inexplicável que intrigou Béchoux profundamente.

– Que diabos ele estará fazendo? – ele se perguntava, imaginando todo um sistema de buscas realizadas por Barnett que levaria a descobertas extraordinárias.

Ele subiu os três lances de escada e escutou. Na casa da professora de flauta não havia barulho. Mas na casa de sua vizinha, a srta. Legoffier, estenotipista e datilógrafa, ouvia-se uma voz masculina.

– É a voz dele – pensou Béchoux, cuja curiosidade já não tinha limites. E, incapaz de se conter, tocou a campainha.

– Entre! – gritou Barnett lá de dentro. – A porta está aberta.

Béchoux entrou. A srta. Legoffier, uma morena muito bonita, estava sentada em sua mesa, perto de sua máquina de escrever, e datilografava as palavras de Barnett em folhas soltas.

– Você veio fazer uma busca? – perguntou ele. – Fique à vontade. A senhorita não tem nada a esconder. E eu também não. Estou ditando minhas memórias. Você se importa?

E, enquanto Béchoux olhava sob os móveis, ele continuou:

– "Naquele dia, o inspetor Béchoux me encontrou na casa da encantadora srta. Legoffier, a quem a jovem flautista me recomendara, e se propôs a encontrar suas doze *Africanas*, que fugiam dele loucamente. Debaixo do sofá, encontrou três grãos de poeira. Debaixo do armário, um salto de sapato. O inspetor Béchoux não deixava passar nenhum detalhe. Que trabalho!"

Béchoux se ergueu, mostrou a Barnett seu punho e o insultou.

O outro continuou seu ditado. Béchoux saiu.

Um pouco mais tarde, Barnett desceu com sua caixa. Béchoux, que estava em guarda, hesitou. Com muito receio abriu a caixa, que continha apenas papéis velhos e trapos.

A vida se tornou insuportável para o infeliz Béchoux. A presença de Barnett, seu escárnio e provocação, o mantinham em uma fúria crescente. Barnett voltava todos os dias, e após cada aula de flauta ou sessão de datilografia, exibia sua caixa. O que fazer? Béchoux não tinha dúvidas de que esta era uma nova brincadeira, e que Barnett estava caçoando dele. Mesmo assim, era preciso revistá-lo. E se, por acaso, desta vez, Barnett levasse os títulos com ele? E se ele fugisse com as doze *Africanas*? E se ele aproveitasse a oportunidade para saquear suas economias? Assim, indiscriminadamente,

Béchoux ruminava, esvaziava, escorregava sua mão febril entre os objetos mais heterogêneos: panos de prato rasgados, trapos, espanadores sem penas, vassouras quebradas, cinzas de lareira, cascas de cenoura. E Barnett segurava suas costelas em gargalhadas.

– Elas estão aí ou não estão? Achou ou não achou? Ah! Béchoux, seu tonto, como você me faz rir!

Isso se prolongou por uma semana inteira. Béchoux perdeu todas as suas férias nesta luta impotente e, além disso, se tornou uma figura infinitamente ridícula na vizinhança. Ele e Nicolas Gassire não conseguiram mais impedir que os inquilinos realizassem seus afazeres, enquanto concordavam em ser apalpados e revistados. E isso deu muito o que falar. A desventura de Gassire estava fazendo barulho. Clientes perturbados sitiavam seu escritório e exigiam seu dinheiro de volta. Por outro lado, o deputado Touffémont, o ex-ministro, que se sentia incomodado em seus hábitos e que, quatro vezes ao dia, ao sair ou entrar, testemunhava toda essa efervescência, intimou Nicolas Gassire para alertar a polícia. A situação não podia mais se prolongar.

Um incidente deu um basta à situação. Num final de tarde, Gassire e Béchoux ouviram o som de uma violenta discussão vinda do terceiro andar. Pancadas, gritos de mulher, parecia ser bem sério.

Subiram apressadamente os três lances de escadas. No hall de entrada, a srta. Haveline e a srta. Legoffier lutavam ferozmente, e nenhum esforço de Barnett, que por sinal se divertia muito, conseguia contê-las. Os penteados estavam desfeitos, os corpetes rasgados, e os xingamentos se multiplicavam.

Finalmente conseguiram separá-las. A datilógrafa teve um colapso nervoso e Barnett a levou para casa, enquanto a professora de flauta exalava sua fúria.

– Eu peguei os dois, ele e ela! – gritava a srta. Haveline. – Barnett, tinha me cortejado primeiro, mas estava aos beijos com ela! Você deveria perguntar a ele, sr. Béchoux, o que ele tem feito aqui nos últimos oito dias e por que ele passa seu tempo nos questionando e bisbilhotando! Tenho certeza, ele sabe quem roubou! Foi a zeladora! Sim, a sra. Alain! E por que ele me proibiu de contar? Ele sabe a verdade sobre os títulos! Estou de prova que ele me disse: *"Eles estão aqui no prédio, sem estar. E não estão aqui, enquanto realmente estão."* Cuidado com ele, sr. Béchoux!

Jim Barnett, que havia terminado com a datilógrafa, agarrou a senhorita Haveline e a empurrou com força em direção ao seu quarto.

– Vamos, minha cara professora, nada de mexericos! Não fale sobre o que você não sabe! Além de flautista, você é fofoqueira!

Béchoux não esperou pelo seu retorno. As revelações da senhorita Haveline sobre o que Jim Barnett pensava tinham esclarecido imediatamente o problema em sua mente. Sim, a culpada era a sra. Alain. Como isso não lhe ocorreu? Movido por uma convicção raivosa, ele se precipitou pelas escadas abaixo, seguido por Nicolas Gassire, e correu para o alojamento da zeladora.

– Minhas *Africanas*! Onde elas estão? Foi você quem as roubou!

Nicolas Gassire chegou, por sua vez.

– Meus títulos! O que você fez com eles, sua ladra?

Ambos sacudiam a rechonchuda mulher, puxavam-na, cada um por um braço, e a importunavam com perguntas e insultos. Ela não respondia. Ela parecia atordoada.

Foi uma noite terrível para a sra. Alain, seguida de dois dias não menos dolorosos. Nem por um segundo, Béchoux admitiu que Jim Barnett podia ter se enganado. À luz desta acusação, os fatos assumiram seu verdadeiro significado. A zeladora, única a possuir a chave, deve ter notado a presença de um pacote incomum sobre a mesa de cabeceira durante a limpeza, e poderia muito bem, conhecendo os hábitos regulares do sr. Gassire, ter entrado no apartamento, pegado os títulos, fugido e se refugiado em seu alojamento, onde Nicolas Gassire a encontrou.

Béchoux estava desanimado.

– Sim, obviamente – disse ele –, foi essa malandra que que fez isso. Mas, no final, o mistério permanece. Se a culpada for mesmo a zeladora, ou qualquer outra pessoa, pouco importa... até sabermos o que foi feito das minhas doze *Africanas*. Admito que ela as trouxe de volta para o alojamento, mas por onde foi que elas saíram, entre as nove horas e a hora de nossa busca?

Misteriosamente, a enorme mulher, apesar das ameaças, apesar das torturas morais que lhe foram impostas, recusava-se a dar uma explicação. Ela negava tudo. Ela não tinha visto nada. Ela nada sabia, e, embora sua culpa não deixasse dúvidas, ela permanecia inflexível.

– Precisamos acabar com isso – disse Gassire a Béchoux, certa manhã. – Soube que o deputado Touffémont se saiu bem no parlamento, ontem à noite. Logo a rua estará cheia de jornalistas. Devemos revistá-los também?

Béchoux admitiu que a posição era insustentável.

– Dentro de três horas, eu saberei tudo – disse ele.

Depois do meio-dia, ele foi bater à porta da agência Barnett.

– Eu estava esperando por você, Béchoux. O que você quer?

– Sua ajuda. Eu não consigo mais sem você.

A resposta foi leal, e a abordagem era sincera. Béchoux estava pedindo sinceras desculpas.

Jim Barnett correu até ele, agarrou-o afetuosamente pelos ombros, apertou sua mão e, com encantadora delicadeza, poupou-o da humilhação da derrota. Não foi um encontro entre o vencedor e o vencido, mas a reconciliação de dois camaradas.

– Na verdade, meu velho Béchoux, esse pequeno mal-entendido que nos separava me doía infinitamente. Dois amigos como nós, virando adversários! Que tristeza! Eu não conseguia dormir à noite.

Béchoux franziu a testa. Em sua consciência de policial, ele se censurava amargamente por suas relações cordiais com Barnett, e se sentia indignado porque o destino fizera dele o colaborador e o refém deste homem, que ele considerava um vilão. Mas, infelizmente, há circunstâncias em que até os mais honestos acabam cedendo – e a perda de doze *Africanas* é uma delas!

Subjugando todos os seus escrúpulos, ele murmurou:

— É a zeladora, não é?

— É ela, por milhares de razões só poderia ser ela.

— Mas como uma mulher tão respeitável poderia cometer tal ato?

— Se você tivesse tomado a precaução elementar de pesquisar sobre ela, você saberia que a infeliz mulher é oprimida por um filho que é o pior dos malandros, e que leva todo o seu dinheiro. Foi por ele, que ela sucumbiu à tentação.

Béchoux estremeceu.

— Será que ela entregou as minhas *Africanas* para ele? — disse ele, tremendo.

— Oh, não, eu não teria permitido isso. Suas doze *Africanas* são sagradas.

— Então, onde elas estão?

— No seu bolso.

— Não brinque, Barnett!

— Eu não brinco, Béchoux, quando se trata de algo tão sério. Verifique.

Béchoux enfiou uma mão tímida no bolso indicado, apalpou e encontrou um grande envelope, contendo os dizeres: *"Para meu amigo Béchoux."* Ele abriu-o, viu suas *Africanas*, contou as doze. Ficou pálido, vacilou sobre seus pés e aspirou uma garrafa de sais, que Barnett enfiou debaixo de seu nariz.

— Respire, Béchoux, e não desmaie.

Béchoux não desmaiou, mas enxugou algumas lágrimas. A alegria e a emoção sufocavam sua garganta. Ele não tinha dúvidas de que Barnett tinha enfiado o envelope em seu bolso assim que entrou, em meio aos seus abraços efusivos. Mas as doze *Africanas* estavam lá, entre suas mãos trêmulas, e Barnett não lhe parecia mais um vigarista.

Recuperando suas forças, ele começou a balançar e dançar um passo espanhol, acompanhando-se com castanholas imaginárias.

— Estão comigo! Estão de volta, as minhas *Africanas*! Ah, Barnett, que grande homem você é! Não há dois Barnetts no mundo, há apenas um, o salvador de Béchoux! Barnett, você merece uma estátua! Barnett, você é um herói! Mas como diabos você fez isso? Conte-me como fez isso, Barnett!

Mais uma vez, o inspetor Béchoux ficou maravilhado com a maneira como Barnett lidava com os acontecimentos. Estimulado por sua curiosidade profissional, ele perguntou:

– E então, Barnett?

– Então o quê?

– Ei! Como você conseguiu desvendar tudo isso? Onde estava o pacote? *"Estão aqui no prédio, sem estar"*. Não foi o que você disse?

– *"E não estão aqui, enquanto realmente estão"* – brincou Barnett.

– Diga logo! – implorou Béchoux.

– Você dá o seu braço a torcer?

– Qualquer coisa que você quiser.

– E você não terá mais comigo, para os meus pequenos deslizes, aqueles ares de reprovação que me fazem sentir arrependido? E que às vezes me fazem acreditar que eu deixei o caminho certo?

– Conte logo, Barnett.

– Ah!! – exclamou Barnett – É uma história encantadora! Devo avisá-lo, meu velho Béchoux, que você não ficará desiludido. Nunca encontrei nada mais bonito, mais inesperado, mais espontâneo e mais astuto, mais humano e ao mesmo tempo mais fantasioso. E é tão simples. Mas você, Béchoux, um bom policial, com qualidades tão sérias, não viu nada além de fumaça.

– Enfim, fale logo – disse Béchoux, contrariado – como o pacote de títulos saiu do prédio?

– Diante de seus olhos, inefável Béchoux! e não só deixou o prédio, como voltou a entrar! E ele o deixava duas vezes ao dia! E voltava duas vezes ao dia! E sob seus olhos, Béchoux, sob seus olhos francos e benevolentes! E durante dez dias você se curvou diante dele com saudações respeitosas. Um pedaço da verdadeira cruz passou diante de você! Você teria ficado de joelhos por um tempo!

– Ah, vá! – gritou Béchoux – Isso é um absurdo, pois tudo foi vasculhado.

– Tudo foi vasculhado, Béchoux, mas nem tudo! Embalagens, caixas, bolsas de mão, bolsos, chapéus, latas e caixas de lixo... sim, mas não era nada disso. Nos postos de fronteira, você revista os viajantes, mas não revista a pasta do diplomata. Ou seja, você já revistou tudo, menos isso!

– Como assim? – gritou Béchoux, impaciente.

– Vou explicar.

– Fale logo, maldição!

– A pasta do ex-ministro!

Béchoux saltou de seu assento.

– Hein? O que você está dizendo, Barnett? Você está acusando o deputado Touffémont?

– Imagine! Eu ousaria acusar um deputado? Em princípio, um membro do Parlamento, um ex-ministro, não é suspeito. E, entre todos os deputados e ex-ministros (e Deus sabe que há muitos!) eu considero Touffémont o mais insuspeito. No entanto, ele serviu como esconderijo para a sra. Alain.

– Um cúmplice, então? O deputado Touffémont é um cúmplice?

– De jeito nenhum.

– Então, a quem você culpa?

– A quem eu culpo?

– Sim.

– A pasta dele.

E calmamente, alegremente, Barnett explicou:

– A pasta de um ministro, Béchoux, é um personagem considerável. Existe no mundo um sr. Touffémont, e existe a sua pasta. Um não anda sem o outro, e cada um é a razão da existência do outro. Você não pode imaginar o sr. Touffémont sem a pasta dele, mas também não pode imaginar a pasta do sr. Touffémont sem o sr. Touffémont. Eles nunca se separam um do outro. Mas acontece que o sr. Touffémont às vezes deixa sua pasta de lado, para comer, por exemplo, ou para dormir, ou para fazer alguma coisa cotidiana. Em tais momentos, a pasta do sr. Touffémont assume uma existência própria, e pode se emprestar a atos pelos quais o sr. Touffémont não é de forma alguma responsável. Foi o que aconteceu na manhã do roubo.

Béchoux olhou para Barnett. Onde ele estava querendo chegar? Barnett continuou:

– Isto foi o que aconteceu na manhã em que suas doze *Africanas* foram roubadas: a zeladora, apavorada com seu roubo, aflita com o perigo que se aproximava, e sem saber como se livrar de um pacote que a levaria para a cadeia, viu de repente sobre sua lareira – que milagre! – a pasta do sr. Touffémont, sozinha! O sr. Touffémont entra no prédio para pegar sua correspondência. Ele coloca sua pasta sobre a lareira, e está abrindo suas cartas, enquanto Nicolas Gassire e você, Béchoux, contam-lhe sobre o desaparecimento dos títulos. Então, uma ideia de gênio – sim, gênio, não há outra palavra – ilumina a mente da sra. Alain. O pacote de títulos também está na lareira, ao lado da pasta, e escondido sob alguns jornais. Ainda não vasculharam o alojamento, mas logo irão revistá-lo e descobrir o segredo. Não há tempo a perder. Rapidamente, com alguns gestos, virando as costas para o grupo que está conversando, ela abre a pasta, lança fora os papéis de um dos dois bolsos laterais, e deposita ali o pacote de títulos. Feito. Ninguém suspeitou de nada. E quando sr. Touffémont se retira, com sua pasta debaixo do braço, ele parte com as suas doze *Africanas* e todos os títulos de Gassire.

Béchoux não esboçou o menor protesto. Tudo o que Barnett afirmava com um certo acento de convicção definitiva, Béchoux aceitava como verdade irrefutável. Ele acreditava. Ele tinha fé.

– Eu vi, de fato, naquele dia – disse ele –, um pacote de papéis e relatórios. Eu não prestei atenção a eles. Mas ela deve ter devolvido esses documentos e relatórios ao sr. Touffémont.

– Eu acho que não! – disse Barnett. – Em vez de levantar suspeitas sobre ela, ela deve tê-los queimado.

– Mas ele não sentiu falta dos papéis?

– Não.

– Como não? Ele não notou que este pacote de documentos estava faltando?

– Não mais do que a presença do pacote de títulos.

– Nem quando ele abriu a pasta?

– Ele não a abriu. Ele nunca a abre. A pasta de Touffémont, como a de muitos políticos, é apenas um adereço, uma demonstração de força, uma ameaça, um sinal de ordem. Se ele a tivesse aberto, teria dado falta de seus documentos e devolvido os títulos. Entretanto, ele não reclamou nada e nem devolveu nada.

– Mas nem durante o trabalho?

– Ele não trabalha. Não é preciso trabalhar só porque se tem uma pasta. Mas basta ter uma pasta de ex-ministro para deixar de trabalhar. Uma pasta representa trabalho, poder, autoridade, onipotência e onisciência. Quando Touffémont, ontem à noite, na Câmara dos Deputados (eu estava lá, portanto falo com conhecimento dos fatos) colocou sua pasta de ex-ministro sobre a tribuna, o ministério se sentiu perdido. Quantos documentos condenatórios aquela grande pasta podia conter! Quantos números! Quantas estatísticas! Touffémont a abriu, mas não tirou nada de seus dois bolsos cheios. De vez em quando, enquanto falava, ele pressionava a mão sobre a pasta, como se dissesse: *"Está tudo aqui."* Mas não havia nada além das doze *Africanas* de Béchoux, dos títulos de Gassire e de jornais antigos. Isso foi o suficiente. A pasta de Touffémont derrubou o ministério.

– Mas como você sabe...

– Porque, quando saiu da Câmara naquele dia e voltava para casa a pé, à uma hora da manhã, Touffémont foi desajeitadamente atingido por um guidão de bicicleta e caiu de cara no chão. Outro indivíduo, cúmplice do ciclista, pegou a pasta e teve tempo de colocar um maço de papéis velhos no lugar dos títulos. Preciso dizer o nome deste segundo indivíduo?

Béchoux deu uma grande gargalhada. A história lhe pareceu ainda mais agradável, e a aventura de Touffémont ainda mais deliciosa, pois ele sentia em seu bolso as suas doze *Africanas*.

Barnett fez uma pirueta e exclamou:

– Esse é o segredo, meu velho amigo, e foi para descobrir essas verdades pitorescas, para sentir o clima do ambiente que resolvi ditar minhas memórias e tomar aulas de flauta. Semana encantadora. Romances no terceiro andar, e muito divertimento no térreo. Gassire, Béchoux, Touffémont... pequenos fantoches, cujas cordas estavam em minhas mãos. O que me deu mais pena, veja, foi admitir que Touffémont desconhecia o conteúdo de sua pasta, e que ele carregava por aí, sem saber, as suas doze *Africanas*. Isso estava além de mim. E a zeladora! Que surpresa para ela! Em seu coração, ela deve considerar Touffémont como o pior dos vigaristas, pois acredita que Touffémont "aplicou" as doze *Africanas* e o resto do pacote. Pobre Touffémont.

– Devo adverti-lo? – perguntou Béchoux.

– Para quê? Deixe-o continuar carregando seus jornais antigos, e dormindo tranquilamente com sua pasta! Nem uma palavra disso a ninguém, Béchoux.

– Com exceção de Gassire, é claro – disse Béchoux – já que também devo informá-lo, e levar de volta os seus títulos.

– Que títulos? – disse Barnett.

– Ora, os títulos que pertencem a ele, e que você encontrou na pasta do sr. Touffémont.

– Ah, isso? Mas você ficou louco, Béchoux! Você acha que o sr. Gassire vai ter seus títulos de volta?

– Maldição!

Barnett bateu na mesa com seu punho, e ficou muito irritado:

– Você sabe quem é o seu querido Nicolas Gassire, Béchoux? Um canalha, como filho da zeladora. Sim, um patife! Ele rouba os seus clientes, esse Nicolas Gassire! Ele joga com o dinheiro deles! Pior que isso, ele estava se preparando para dar um golpe! Eis um bilhete de primeira classe para Bruxelas, com data do próprio dia em que ele tirou os títulos do cofre – não para depositá-los em outro banco, como ele alegava, mas para fugir com eles. Hein, o que me diz agora de seu querido Nicolas Gassire?

Béchoux não disse nada. Desde o roubo das doze *Africanas*, o seu nível de confiança em Nicolas Gassire havia caído consideravelmente. Mesmo assim, ele observou:

– No entanto, a clientela dele é composta por pessoas de bem. É justo que eles sejam arruinados?

– Mas não serão! Meu Deus, não! Eu jamais aceitaria tal iniquidade!

– E então?

– Ué! Gassire é rico.

– Ele não tem mais dinheiro – disse Béchoux.

– Errado! De acordo com minhas informações, ele tem dinheiro suficiente para pagar a seus clientes e muito mais. Acredite, se ele não deu queixa desde o primeiro dia, é porque ele não quer que a lei se intrometa em seus negócios. Mas ameace-o com a prisão, e verá como ele se comporta. Não tem dinheiro? Ele é milionário, o seu Nicolas Gassire! E todo o mal que ele fez, ele é que deve reparar, não eu!

– O que significa que você tem a intenção de manter...?

– Manter os títulos? Nem em um milhão de anos! Eles já foram vendidos.

– Sim, mas você ficou com o dinheiro?

Barnett teve um ataque de justa indignação:

– De jeito nenhum! Não estou com nada!

– Então, o que você fez com ele?

– Estou distribuindo-o.

– A quem?

– Aos amigos necessitados, às obras beneficentes que eu apoio. Ah, não tenha medo, Béchoux, o dinheiro de Nicolas Gassire será bem usado!

Béchoux não tinha dúvidas. Mais uma vez, a aventura terminava com Barnett assumindo o controle sobre o "butim". Barnett punia os culpados e salvava os inocentes, mas não se esquecia de pagar a si mesmo. A boa caridade começa em casa.

O inspetor Béchoux enrubesceu. Não protestar era tornar-se cúmplice. Mas, por outro lado, ele sentia em seu bolso o precioso pacote com as doze

Africanas, e sabia que, sem a intervenção de Barnett, elas teriam se perdido para sempre. Seria o momento de ficar zangado e começar uma briga?

– Qual é o problema? – perguntou Barnett. – Você não está feliz?

– Sim, claro que sim! – afirmou o infeliz Béchoux. – Estou encantado.

– Então, já que está tudo bem, sorria!

Béchoux deu um sorriso largo.

– É isso aí! – exclamou Barnett. É um prazer poder te ajudar, e agradeço por me dar essa oportunidade. Agora, meu velho amigo, vamos nos separar. Você deve estar muito ocupado, e estou esperando uma dama.

– Até logo! – disse Béchoux, se dirigindo até a porta.

– Até breve! – disse Barnett.

Béchoux saiu, de fato encantado, mas com a consciência pesada, e decidido a afastar-se do maldito personagem.

Lá fora, dobrando a esquina, ele avistou a bela datilógrafa, que certamente era a dama que Barnett estava esperando.

Dois dias depois, ele viu Barnett no cinema, na companhia da não menos bela *Miss* Haveline, a professora de flauta.

MILAGRES ACONTECEM

Encarregado da tarefa de esclarecer o caso Vieux-Donjon, e munido das informações necessárias, o inspetor Béchoux pegou o trem da noite para o centro da França e desceu em Guéret, de onde um vagão o levou na manhã seguinte para a vila de Mazurech. Ele começou com uma visita ao castelo, uma antiga e vasta residência construída sobre um promontório cercado por um braço do rio Creuse. Georges Cazévon morava ali.

Industrialista rico, presidente do Conselho Geral, homem de considerável influência política, bonito e por volta de seus quarenta anos, Georges Cazévon tinha um rosto plácido e maneiras finas que impunham respeito. De imediato, como a torre Vieux-Donjon fazia parte de seus domínios, ele quis que Béchoux fosse para lá.

Primeiro era preciso atravessar um belo parque, com uma plantação de castanheiras, e chegava-se a uma formidável torre em ruínas, único vestígio que restou do Mazurech feudal, que se elevava das profundezas do desfiladeiro até o céu, e onde o rio Creuse fazia uma ligeira curva sobre um leito de rochas desmoronadas.

Na outra margem, que pertencia à família Alescar, havia um muro de grandes pedras reluzentes de umidade, a doze metros de distância, formando um dique; este era superado, cinco ou seis metros acima, por um terraço bordejado por uma varanda, onde começava uma alameda do jardim.

O lugar era selvagem. Foi ali que dez dias antes, às seis horas da manhã, havia sido encontrado sobre a maior das rochas o cadáver do jovem conde Jean d'Alescar. O corpo não sofreu nenhuma outra ferida, além daquela que uma queda pode produzir na cabeça de um adolescente. Ora, entre os galhos das árvores no terraço oposto, havia um que estava pendurado, recém-partido, ao longo do tronco. A partir daí, o drama foi reconstituído da seguinte forma: após subir nesse galho, o jovem conde caiu no rio. Portanto, foi um acidente. Foi o que constou no atestado de óbito.

– Mas, que diabos o jovem conde foi fazer em cima daquela árvore? – perguntou Béchoux.

– Dê uma olhada mais de perto nesta torre, que foi o berço da antiga família Alescar – respondeu Georges Cazévon.

E ele acrescentou imediatamente:

– Não direi mais nada, inspetor. Você sabe que foi a meu pedido insistente que a polícia lhe deu esta missão. De fato, circulam boatos e calúnias que me afetam diretamente, e aos quais quero pôr um fim. Faça a sua investigação. Faça perguntas. Acima de tudo, toque a campainha da srta. d'Alescar, irmã do jovem conde e última sobrevivente da família. E, no dia de sua partida, venha apertar a minha mão.

Béchoux não perdeu tempo. Ele explorou a base da torre, penetrou no círculo de escombros acumulados no interior, causados pelo colapso do chão e da escadaria. Depois voltou à vila, fez perguntas, visitou o padre e o prefeito, e fez sua refeição na pousada. Às duas horas ele entrou no estreito jardim que descia para o terraço, e que era bifurcado por um pequeno edifício, sem estilo e dilapidado, conhecido como Manoir. Uma velha criada anunciou-o à srta. d'Alescar, e foi imediatamente recebido em uma sala baixa, de mobília simples, onde a donzela conversava com um cavalheiro.

Ela se levantou. O homem também. Béchoux reconheceu Jim Barnett.

— Ah, finalmente, querido amigo! — exclamou Barnett alegremente, com a mão estendida. — Quando vi esta manhã nos jornais a notícia de sua partida para Creuse, rapidamente liguei meu motor de quarenta cavalos, para me colocar à sua disposição. Estava esperando por você. Senhorita, apresento-lhe o inspetor Béchoux, enviado especial da Polícia. Com ele, a senhora pode ficar tranquila; ele já deve ter desvendado este caso. Nunca conheci ninguém tão engenhoso. Ele é um mestre. Fale, Béchoux.

Béchoux não falou nada. Ele estava atordoado. A presença de Barnett, que era a última coisa em sua mente, o desalentava e o horrorizava. Mais uma vez Barnett! Sempre Barnett! Quantas vezes ele iria se deparar de novo com o inevitável Barnett e sofrer sua execrável colaboração? Não era verdade que, em todos os casos em que ele se envolvia, Barnett não tinha outro objetivo senão roubar e enganar?

O que, além disso, Béchoux poderia falar? Já que, até o momento, ele andava na mais espessa escuridão e não podia se vangloriar da menor descoberta?

Como Béchoux permaneceu silencioso, Barnett retomou:

— Bem, é isso, senhorita. O inspetor Béchoux, que já teve tempo de estabelecer sua convicção sobre bases sólidas, insiste fortemente em sua disposição de confirmar os resultados de sua investigação. Como a senhorita e eu trocamos apenas algumas palavras, teria a gentileza de nos dizer o que sabe sobre a tragédia que aconteceu com o conde d'Alescar, o seu irmão?

Elizabeth d'Alescar, alta e pálida em seus véus de luto, de grave beleza, com um rosto austero que às vezes parecia tremer com todos os soluços que continha, respondeu:

— Eu preferiria ficar em silêncio e não acusar. Mas, como o senhor me convidou para este doloroso dever, estou pronta para responder, senhor.

Barnett continuou:

— Meu amigo, o inspetor Béchoux, gostaria de saber em que hora exata a senhorita viu seu irmão pela última vez.

– Às dez horas da noite. Tínhamos jantado alegremente, como sempre. Eu adorava Jean, que era alguns anos mais novo que eu, e que eu praticamente o criei. Estávamos sempre felizes juntos.

– Ele saiu durante a noite?

– Ele só saiu um pouco antes do amanhecer, por volta das três e meia da manhã. Nossa criada ouviu.

– A senhorita sabia para onde ele estava indo?

– Ele havia me dito na véspera que iria pescar do terraço. Era um de seus prazeres favoritos.

– Então, desde o período de três e meia da manhã até o momento em que o corpo foi encontrado, a senhorita não viu nada?

– Sim. Mas às seis e quinze, ouviu-se um disparo.

– De fato, algumas pessoas o ouviram. Mas pode ter sido um caçador.

– Foi o que eu disse para mim mesma. Mas fiquei preocupada, acabei me levantando e me vestindo. Quando cheguei ao terraço, os vizinhos da frente já estavam lá; e levavam o corpo em direção ao terreno do castelo, pois o terreno é muito íngreme do nosso lado.

– A senhorita acredita que esse disparo possa não ter nenhuma conexão com o evento? Caso contrário, o exame do corpo teria revelado uma ferida feita por bala, o que não foi o caso.

Enquanto ela hesitava, Barnett insistiu.

– Responda, por favor.

Ela declarou:

– Qualquer que seja a verdade, devo dizer que, em minha mente, a conexão é exata.

– Por quê?

– Em primeiro lugar, porque não há outra explicação possível.

– Um acidente?...

– Não. Jean era extraordinariamente ágil, e ao mesmo tempo muito cauteloso. Ele nunca teria confiado sua vida a um galho fino demais.

– E, mesmo assim, o galho estava quebrado.

— Não há provas de que tenha sido quebrado por ele, e naquela noite.

— Portanto, senhorita, sua opinião franca e inabalável é a de que houve um crime.

— Sim.

— A senhorita até indicou o culpado, diante de testemunhas.

— Sim.

— Em que provas a senhorita se apoia? É o inspetor Béchoux que pergunta.

Elizabeth pensou por alguns segundos. Era doloroso para ela, trazer à tona lembranças tão terríveis. Mas ela se decidiu, e declarou:

— Pois bem, vou falar. Para fazer isso, devo evocar um evento que remonta há vinte e quatro anos. Naquele tempo, meu pai foi arruinado pela fuga de seu advogado, e teve que recorrer a um rico industrial de Guéret para pagar seus credores. O homem emprestou duzentos mil francos, com a única condição de que o castelo, a fazenda e nossas terras de Mazurech lhe pertenceriam, se a dívida não fosse paga em cinco anos.

— Este industrial era o pai de Georges Cazévon?

— Sim.

— Ele desejava possuir o castelo?

— Intensamente. Várias vezes ele quis comprá-lo. Assim, quatro anos e onze meses depois, quando meu pai morreu após um derrame, ele disse a nosso tio e guardião que tínhamos um mês para sair. Meu pai não tinha nos deixado nada. Jean e eu fomos despejados, e depois fomos acolhidos por nosso tio, que vivia nesta mansão e não tinha outra família. Ele faleceu pouco tempo depois, assim como o sr. Cazévon.

Barnett e Béchoux haviam escutado atentamente. Barnett insinuou:

— Meu amigo inspetor Béchoux ainda não compreendeu como tudo isso se relaciona com os eventos de hoje.

A srta. d'Alescar olhou para o inspetor Béchoux com um leve e espantado desdém, e continuou sem responder:

– Por isso vivemos sozinhos, Jean e eu, aqui no pequeno Manoir, em frente à antiga torre e ao castelo que pertenceu a nossos ancestrais, desde tempos imemoriais. Para Jean, era uma tristeza que crescia com o passar dos anos, à medida que sua inteligência e sensibilidade adolescente se desenvolviam. Ele realmente sofreu ao ser expulso de um lugar que ele considerava o seu mundo. Em meio a suas brincadeiras e afazeres, ele reservava dias inteiros percorrendo nossos arquivos, lendo os livros que falavam de nossa família. Um dia, ele encontrou em um desses livros uma folha de papel, onde nosso pai havia anotado as contas de seus últimos anos e as somas que ele havia economizado, através de negociações e transações de terras bem sucedidas. Havia recibos de um banco. Fui ao banco e descobri que meu pai, uma semana antes de sua morte, havia encerrado sua conta de depósito e retirado duzentos mil francos, que correspondiam à soma que os depósitos tinham atingido.

– Esse era o valor justo que ele deveria pagar algumas semanas depois. Então por que ele não liquidou a dívida?

– Eu não sei.

– E por que ele não pagou com cheque?

– Eu não sei. Meu pai tinha seus hábitos.

– Então, em sua opinião, ele teria colocado esses duzentos mil francos em algum lugar seguro?

– Sim.

– Mas onde?

Elisabeth d'Alescar entregou a Barnett e Béchoux um documento de cerca de vinte páginas, repleto de números.

– A resposta deve estar aqui – disse ela, apontando para a última página, onde havia um desenho representando três quartos de um círculo. Ao seu lado direito, havia um semicírculo de raio menor.

Quatro linhas cortavam o semicírculo. Entre duas dessas linhas havia uma pequena cruz. Tudo isso, primeiro desenhado a lápis, tinha sido reforçado com tinta.

– O que isso significa? – perguntou Barnett.

– Levamos muito tempo para compreender –respondeu Elizabeth –, até o meu pobre Jean descobrir que este desenho representava o plano exato, a linha exterior da torre Vieux-Donjon. O mesmo arranjo de duas partes desiguais de círculos, soldadas uma à outra. As quatro hachuras indicam as quatro ameias.

– E a cruz – terminou Barnett – indica o lugar onde o conde d'Alescar escondeu os duzentos mil francos, enquanto esperava o dia da negociação.

– Sim – disse a jovem com muita clareza.

Barnett refletiu, examinou o documento e concluiu:

– É muito provável, de fato. O conde d'Alescar deve ter tomado a precaução de anotar o local, e sua morte súbita não lhe deixou tempo para avisar ninguém. Mas a senhorita teria que avisar o filho do conde Cazévon e obter permissão...

– Para subir até o topo da torre? Foi o que fizemos. Georges Cazévon, com quem sempre tivemos uma relação bastante fria, até nos recebeu gentilmente. Mas como chegaríamos até o alto da torre? A escadaria desmoronou há quinze anos. As pedras estão se desmanchando. O topo também está desmoronando. Nenhuma escada poderia alcançar as ameias a trinta metros de altura, mesmo emendando várias escadas uma na outra. A única possibilidade seria uma escalada. Houve entre nós várias consultas, e esboços de planos que duraram vários meses, mas por fim acabaram...

– Devido a um aborrecimento, não é? – disse Barnett.

– Sim – disse ela, corando.

– Georges Cazévon se apaixonou pela senhorita, e pediu sua mão. Recusa. Brutalidade da parte dele. Ruptura. E Jean d'Alescar não teve mais permissão para entrar na propriedade Mazurech.

– Foi exatamente assim que aconteceu – disse a garota. Mas meu irmão não desistiu. Ele queria o dinheiro, queria comprar de volta parte de nossa propriedade; ou me dar um dote, dizia ele, para que eu pudesse me casar com quem eu quisesse. Isso se tornou uma obsessão para ele. Ele vivia em frente à torre. Ele olhava incansavelmente para o seu cume inacessível. E inventava mil maneiras de chegar até lá. Ele praticava arco e flecha, e pela manhã, desde o alvorecer, atirava flechas com um arpão, na esperança de que uma corda pudesse ser presa e içá-lo até o topo. Ele chegou a preparar sessenta metros de corda, e após várias tentativas infrutíferas e fracassadas, já estava desesperado. No dia anterior à sua morte, ele me disse: *"Se eu persisto, é porque tenho certeza do resultado. Algo de bom vai acontecer. Um milagre vai acontecer, eu tenho um pressentimento. O justo sempre prevalece, seja pela força dos acontecimentos ou pela graça de Deus."*

Barnett continuou:

– Então você acredita, no final, que ele morreu durante uma nova tentativa?

– Sim.

– E a corda não está mais onde ele a colocou?

– Exato.

– Então, qual é a prova?...

– Aquele disparo. Georges Cazévon, tendo surpreendido meu irmão, atirou nele.

– Oh! Oh! – exclamou Barnett – Você acha que George Cazévon seria capaz de fazer isso?

– Sim. Ele é um impulsivo que consegue se dominar, mas sua natureza pode levá-lo a excessos violentos... até mesmo ao crime.

– Com que propósito ele iria atirar? Para tirar o dinheiro que seu irmão tinha resgatado?

– Eu não sei – disse a srta. d'Alescar. – Nem sei como o assassinato foi cometido, uma vez que o corpo do meu pobre Jean não tinha nenhum vestígio de ferimento a bala. Mas minha certeza é completa, absoluta.

– Mas a senhorita deve admitir que se baseia na intuição, e não em fatos – observou Barnett. – E devo lhe dizer que, no campo judiciário, isso não é suficiente. É bem possível, não é, Béchoux, que George Cazévon, em sua frustração, processe a senhorita por difamação.

A senhorita D'Alescar se levantou.

– Eu não me importo, senhor – ela respondeu seriamente. – Não faço isso para vingar meu pobre irmão, a quem a punição dos culpados não restauraria a vida; mas para dizer o que acredito ser a verdade. Se Georges Cazévon quiser me atacar, ele é livre para fazê-lo. Mas continuarei agindo de acordo com minha consciência.

Ela ficou em silêncio, depois acrescentou:

– Mas ele não vai fazer nada, tenha certeza disso, senhor.

A entrevista estava terminada. Jim Barnett não insistiu, vendo que a senhorita D'Alescar não era uma mulher a ser intimidada.

– Senhorita – disse ele –, pedimos desculpas por ter perturbado sua intimidade, mas foi necessário, infelizmente, para o estabelecimento da verdade. A senhorita pode ter certeza de que o inspetor Béchoux apreenderá de suas palavras o significado que elas trazem.

Ele a saudou e saiu. Béchoux também a saudou, e o seguiu.

Lá fora, o inspetor, que não havia proferido uma palavra, continuou a manter silêncio, tanto para protestar contra essa colaboração que o irritava cada vez mais, quanto para esconder a desordem que esse obscuro caso lhe infligia. Barnett seguia cada vez mais expansivo.

– Você está certo, Béchoux, e eu entendo seu pensamento mais profundo. Nas declarações desta dama, perdoe-me esta expressão, há muito para comer e beber. Há o possível e o impossível, o verdadeiro e o implausível. Os pensamentos dos jovens D'Alescar são infantis. Se esta infeliz criança chegou ao topo da torre – e eu sou tentado a acreditar nele, ao contrário de sua opinião secreta – foi graças a este milagre inconcebível que ele pedia com todas as suas forças, e que ainda não podemos compreender. E o problema, a partir daí, é este: como poderia este jovem, no espaço de duas horas, inventar um meio de escalada, prepará-lo, executá-lo, descer novamente e se precipitar no vazio pelo efeito de um tiro de espingarda... que não o atingiu?

Jim Barnett repetiu pensativamente:

– Pelo efeito de um tiro de espingarda... que não o atingiu... sim, Béchoux, há um prodígio em tudo isso.

Barnett e Béchoux se encontraram à noite na pousada do vilarejo. Eles jantaram lá, cada um por sua conta. E da mesma forma, durante os dois dias seguintes, eles se encontraram apenas nas refeições. No resto do tempo, Béchoux continuava sua investigação e seus interrogatórios, enquanto Barnett, contornando o jardim do Manoir, assentava-se um pouco mais além do terraço, em uma margem gramada da qual ele podia ver o Vieux-Donjon e o rio Creuse. Ele pescava, fumava cigarros, sonhava acordado. Para vislumbrar um milagre, não é tão necessário procurar vestígios dele, mas sim adivinhar a sua natureza. Que ajuda Jean d'Alescar poderia ter encontrado em favor das circunstâncias?

Mas ao final do terceiro dia ele se dirigiu a Guéret, e foi lá como um homem que sabe com antecedência o que vai fazer, e em que porta vai bater.

Finalmente, no quarto dia, ele reencontrou Béchoux, que lhe disse:

– Concluí minha investigação.

– Eu também, Béchoux – respondeu ele.

– Portanto, vou voltar para Paris.

– Eu também, Béchoux, e ofereço um lugar no meu carro.

– Que assim seja. Tenho um compromisso daqui a quarenta e cinco minutos com o sr. Cazévon.

- Encontramo-nos lá, disse Barnett. Já estou farto deste lugar.

Ele pagou sua conta na pousada, dirigiu-se ao castelo, visitou o parque e fez chegar a Georges Cazévon um cartão, no qual estava escrito: *"Colaborador do inspetor Béchoux"*.

Ele foi recebido em um vasto salão que ocupava toda uma ala, decorado com cabeças de cervos, vários armamentos, caixas de armas e diplomas de atirador e caçador. Georges Cazévon o encontrou ali.

– O inspetor Béchoux, de quem sou amigo – disse Barnett – virá me encontrar aqui. Temos prosseguido juntos toda a investigação, e partiremos juntos.

– E a opinião do inspetor Béchoux? – perguntou Georges Cazévon.

– É definitivo, senhor. Não há nada, absolutamente nada que sugira que este caso tenha sido outra coisa, além do que realmente foi. Os rumores e boatos não merecem nenhum crédito.

– A srta. d'Alescar?...

– A srta. d'Alescar, segundo o inspetor Béchoux, está abalada pela dor, e suas palavras não resistiriam a um interrogatório.

– Essa também é sua opinião, sr. Barnett?

– Oh, eu, senhor, sou apenas um modesto auxiliar, e minha opinião depende da opinião de Béchoux.

Ele percorreu o corredor e admirava as vitrines, interessado na coleção.

– Belas armas, não são? – disse Georges Cazévon.

– Magníficas.

– Você é um amador?

– Eu admiro a habilidade, acima de tudo. E todos os seus diplomas e certificados: *"Les disciples de Saint-Hubert"*, *"Les Chasseurs de la Creuse"*, todos eles provam que o senhor é um mestre. Foi o que eles me disseram ontem em Guéret.

– Fala-se muito sobre este caso em Guéret?

– Dou minha palavra que não. Mas a pontaria do senhor é lendária.

Ele pegou uma espingarda e a sopesou.

– Tenha cuidado – disse Georges Cazévon –, é uma espingarda de guerra, e está carregada com balas.

– Contra os malfeitores?

– Contra os caçadores, principalmente.

– Diga-me sinceramente, o senhor teria coragem de atirar em alguém?

– Ferir uma perna já seria o suficiente para mim.

– E seria daqui, de uma dessas janelas, que o senhor atiraria?

– Oh, os caçadores de ocasião não chegariam tão perto!

– Seria muito divertido! Um prazer da realeza...

Barnett abriu uma janela cruzada, muito estreita, que ficava localizada em um canto do salão.

– Bem – exclamou ele – daqui o senhor pode enxergar entre as árvores um pedaço do Vieux-Donjon, a cerca de duzentos e cinquenta metros de distância. Deve ser a parte que cobre o rio Creuse, não é?

– Basicamente.

– Sim, sim, exatamente. Reconheço o tufo de saramagos ali, entre duas pedras. Está vendo aquela flor amarela, na mira do fuzil?

Ele tinha contraído os ombros. Puxou o gatilho com força. A flor caiu.

Georges Cazévon fez um gesto de humor. Qual era o propósito desse "modesto auxiliar," cuja mira era inacreditável? E que direito tinha ele de fazer todo esse barulho?

– Os criados vivem na outra extremidade do castelo, não é verdade? – disse Barnett. – Então eles não conseguem ouvir o que acontece aqui, mas lamento pela memória cruel que acabo de infligir à srta. d'Alescar.

Georges Cazévon sorriu.

– Então a srta. d'Alescar insiste em ver uma correlação entre o disparo da outra manhã e o acidente do irmão?

– Sim.

– Mas, esta correlação; como ela a estabelece?

– Como acabo de estabelecer, eu mesmo, de fato. De um lado, alguém postado nesta janela. De outro, o irmão dela pendurado na torre.

– Mas, se foi comprovado que o irmão dela morreu de uma queda...?

– De uma queda causada pela demolição de certa pedra, em uma posição onde ambas as mãos se agarravam.

Georges Cazévon ficou sombrio.

– Eu não sabia que as declarações da sra. d'Alescar eram de caráter tão definitivo, e que estávamos na presença de uma acusação formal.

– Formal? – repetiu Barnett.

O conde olhou para ele. O bombardeio do modesto auxiliar, seu sotaque, seu ar decidido surpreendiam cada vez mais Georges Cazévon, que se perguntava se o detetive não teria vindo com intenções agressivas. Por fim, a entrevista, que tinha começado em um tom distraído, assumiu um tom de ataque de ambos os lados.

Ele sentou-se abruptamente e continuou:

– Qual o propósito dessa escalada, de acordo com ela?

– A recuperação de duzentos mil francos escondidos pelo pai dela, em um local indicado por uma pequena cruz, no mapa que foi mostrado ao senhor.

– Essa é uma interpretação que nunca aceitei – protestou Georges Cazévon. – Se o pai dela tivesse recolhido essa soma, por que a teria escondido, em vez de devolvê-la imediatamente ao meu pai?

– A objeção tem valor – admitiu Barnett. – A menos que o tesouro escondido não fosse uma soma de dinheiro.

– O que seria, então?

– Eu não sei. Devemos proceder por hipóteses.

George Cazévon encolheu os ombros.

– Tenha certeza de que Elizabeth e Jean d'Alescar testaram todas as hipóteses.

– Nunca se sabe! Eles não são profissionais, como eu.

– Um profissional, por mais perspicaz que seja, não pode criar nada a partir do nada.

– Às vezes, sim. O senhor conhece o sr. Gréaume, que possui um armazém de jornais em Guéret e que já foi contador em suas fábricas?

– Sim, sim. De fato, um excelente homem.

– O sr. Gréaume afirma que o pai do conde Jean visitou o pai do senhor, em uma data que, por sinal, foi o dia seguinte à retirada dos duzentos mil francos do banco.

– E daí?

– Não poderíamos supor que os duzentos mil francos foram pagos durante a visita, e que o recibo foi temporariamente escondido no alto da torre?

Georges Cazévon sobressaltou-se.

– Meu senhor, percebe o quanto sua suposição é ofensiva para a memória de meu pai?

– De que maneira? – disse Barnett ingenuamente.

– Se meu pai tivesse recebido esse dinheiro, teria anunciado com toda a lealdade.

– Por quê? Ele não era obrigado a revelar a todos o reembolso de um empréstimo que ele havia feito, em caráter pessoal.

Georges Cazévon bateu com o punho na mesa.

– Mas ele não teria, duas semanas depois, ou seja, alguns dias após a morte de seu devedor, afirmado seus direitos sobre a fazenda Mazurech!

– No entanto, ele o fez.

– Alto lá! Alto lá! O que o senhor diz é uma loucura! Você deve ter alguma lógica, senhor, quando faz tais afirmações. Se meu pai pudesse reclamar uma quantia já recebida, ele temeria que esse recibo fosse usado contra ele!

– Talvez ele tenha ouvido – zombou Barnett descuidadamente – que ninguém sabia disso, e que os herdeiros desconheciam o pagamento. E como ele desejava a propriedade, me disseram, e tinha jurado conquistá-la, ele se calou.

Assim, pouco a pouco, com as insinuações manhosas e persistentes de Jim Barnett, o caso mudou de figura. O pai Cazévon era acusado de delito e fraude. George Cazévon, tremendo de raiva e muito pálido, apertou os punhos e fitava com estupor este subalterno que, em um tom plácido, ousava apresentar os fatos sob uma luz tão abominável.

– Eu o proíbo de falar assim! – vociferou. – Você diz coisas ao acaso.

– Ao acaso? Não, eu asseguro. Não há nada que eu diga que não seja absolutamente real.

Rompendo o círculo de hipóteses e suposições no qual este adversário improvável o confinava, Georges Cazévon gritou:

– É mentira! Você não tem a menor prova! Para ter provas de que meu pai cometeu esta infâmia, você teria que ir procurá-las no topo da Vieux--Donjon.

– Jean d'Alescar esteve lá.

– Isso não é verdade! Não dá para subir os trinta metros da torre, está além da força humana. E não dá para fazer isso em duas horas.

– Jean d'Alescar fez – repetiu Barnett obstinadamente.

– Mas com que meios? – disse um exasperado Georges Cazévon. – Com quais sortilégios?

Barnett deixou cair estas poucas palavras:

– Por meio de uma corda.

Cazévon estourou em gargalhadas.

– Uma corda? Mas isso é uma loucura! Sim, de fato, cem vezes eu o peguei jogando flechas, na esperança tola de prender a corda que ele havia preparado. Pobre criança! Não existem milagres desse tipo. E depois, como ele conseguiu, repito, em duas horas? E mais!... Teríamos visto essa corda após o acidente, presa na torre ou caída sobre as rochas do rio Creuse. Ela não estaria no Manoir, como parece estar.

Jim Barnett respondeu, ainda tranquilo:

– Não foi aquela corda que ele usou.

– Qual foi, então? – exclamou Georges Cazévon, rindo nervosamente. – Afinal de contas, esta história é séria? O conde Jean, equipado com seu cabo encantado, desceu de madrugada pelo terraço de seu jardim, pronunciou as palavras mágicas, e o cabo desenrolou-se sozinho até o topo da torre, para que o encantador pudesse cavalgar sobre ele? O milagre dos faquires hindus!

– O senhor também – disse Barnett – vai precisar invocar um milagre, assim como Jean d'Alescar, para quem esta foi a última esperança, assim como para mim, que construí minha convicção sobre esta ideia. Mas é um milagre que aconteceu de forma contrária à que o senhor imagina, já que não veio de baixo, de acordo com o habitual e o provável, mas de cima.

Cazévon brincou:

– A Providência Divina, então! Foi a Providência Divina que atirou uma corda para socorrer um de seus escolhidos?

– Não há necessidade de invocar uma intervenção divina, distorcendo as leis da natureza –disse Barnett solenemente. – O milagre foi um daqueles que podem ser provocados por mero acaso.

– O acaso!

– Nada é impossível para o acaso. É a força mais perturbadora e engenhosa, a mais inesperada e caprichosa. O acaso aproxima e reúne, multiplica as combinações mais inusitadas e, com os elementos mais díspares, cria a nossa realidade de cada dia. Somente o acaso pode fazer milagres. E o que eu me pergunto, é qual a coisa mais extraordinária que poderia cair do céu em nossos tempos, além dos aerólitos e da poeira dos mundos?

– Cordas! – desdenhou Cazévon.

– Cordas, e qualquer outra coisa. O fundo do mar está repleto de coisas, caídas dos navios que o atravessam.

– Não há navios no céu.

– Há sim, mas eles têm outros nomes: são chamados de balões, aviões ou dirigíveis. Eles viajam pelo espaço em todas as direções, enquanto outros viajam pelo mar, e mil coisas diferentes podem cair deles ou ser jogadas deles. Uma dessas coisas pode ser um rolo de corda, e esse rolo pode estar pendurado nas ameias da torre, e tudo ficará explicado.

– Explicação fácil.

– Explicação fundamentada. Leia os jornais locais, publicados na semana anterior, como eu fiz ontem, e você saberá que um balão sobrevoou a região, na noite anterior à morte do conde Jean. Estava indo na direção norte-sul, e deixou cair vários sacos de areia dez milhas ao norte de Guéret. Como não podemos deduzir fatalmente que ele também deixou cair um rolo de corda, e que uma ponta dessa corda ficou presa em uma das árvores do terraço, e que o conde Jean, para libertá-la, teve que quebrar um galho? E que ele desceu do terraço, e que, segurando na mão as duas pontas e amarrando-as juntas, ele subiu? Uma façanha difícil, mas que é de se esperar de um menino de sua idade.

– E então...? – murmurou Cazévon, cujo rosto inteiro se crispava.

— E então, concluiu Barnett — alguém que saiba atirar muito bem, e que estava aqui perto da janela, vendo o rapaz pendurado no ar, atirou na corda e a cortou.

— Ah! — disse Cazévon, surdamente — é assim que você vê o acidente?

— Então, — continuou Barnett — essa pessoa correu para o rio e revistou o cadáver até encontrar o recibo, e então agarrou a ponta do cabo que estava pendurada, puxou o cabo, e foi jogar esse indício de prova em algum poço, onde a justiça facilmente o encontrará.

Agora a acusação estava mudando. O filho, depois do pai, tornou-se o acusado. Um vínculo lógico, certo e irrefutável unia o passado ao presente.

Cazévon tentou se desprender e, de repente, revoltando-se contra o próprio homem, e não contra suas palavras, ele gritou:

— Estou cansado de todo este sistema incoerente de explicações convenientes e suposições malucas! Desapareça daqui! Vou dizer ao sr. Béchoux que o expulsei, como o chantagista que você é!

— Se eu quisesse chantageá-lo — riu Barnett —, eu teria começado mostrando minhas provas.

Cazévon vociferava, fora de si:

— Suas provas! Você tem alguma? Palavras, bobagens! Mas uma prova, uma única prova que permita que você fale... Vamos lá! Provas? Há apenas uma que seria válida! A única que envergonharia ao meu pai e a mim... Todo o seu castelo de bobagens desmorona, se você não tiver essa prova! E você é apenas um piadista de mau gosto!

— Qual prova?

— O recibo, caramba! O recibo assinado por meu pai.

— Aqui está — disse Barnett, desdobrando uma folha de papel estampado, com dobras desgastadas e amareladas. — Esta é a caligrafia de seu pai, não é? E o texto é formal?

Eu, Auguste Cazévon, abaixo assinado, reconheço ter recebido do senhor conde de Alescar a soma de duzentos mil francos que eu havia emprestado a ele. Este pagamento libera-o, sem qualquer contestação possível, da hipoteca que ele me havia concedido sobre seu castelo e suas terras.

– A data corresponde ao dia indicado pelo sr. Gréaume. A assinatura está aí. Portanto, o documento é indiscutível, e o senhor sabia disso, seja pela confissão do senhor seu pai, seja por documentos secretos deixados por ele. A descoberta deste documento seria a condenação de seu pai, e sua também, bem como a expulsão do castelo que deseja tanto como o seu pai desejava. É por isso que o senhor cometeu assassinato.

– Se eu tivesse matado – gaguejou Cazévon – eu teria recuperado este recibo.

– Você o procurou no corpo da vítima. Mas ele já tinha desaparecido. O conde Jean amarrou-o a uma pedra, que ele lançou do alto da torre. Encontrei-o junto ao rio, a vinte metros de distância.

Barnett mal teve tempo para se afastar: Georges Cazévon tentava roubar o documento dele.

Por um momento, os dois homens se encararam. Barnett disse:

– Tal gesto é uma confissão. E que obstinação em seu olhar! Em tais momentos, como a srta. d'Alescar me disse, o senhor é evidentemente capaz de qualquer coisa. Foi o que aconteceu no outro dia, quando o senhor se postou nesta janela e atirou, quase inconscientemente. Vamos lá, controle--se. A campainha está tocando. É o inspetor Béchoux, e talvez seja melhor que ele não saiba de nada.

Um momento se passou. Por fim, Georges Cazévon, cujos olhos conservavam uma expressão de perplexidade, sussurrou:

– Quanto? Quanto quer por este recibo?

– Não está à venda.

– Você vai ficar com ele?

– Posso entregá-lo sob certas condições.

– Quais?

– Vou dizer na frente do inspetor Béchoux.
– E se eu me recusar a aceitá-las?
– Eu vou denunciá-lo.
– Suas acusações não terão qualquer efeito.
– Experimente.

Georges Cazévon deve ter sentido toda a força e a vontade implacável de seu adversário, pois abaixou a cabeça. No mesmo instante, um criado anunciou a chegada de Béchoux.

O inspetor, que não esperava ver Barnett no castelo, franziu a testa. De que diabos os dois homens estariam falando? Teria este odioso Barnett ousado vir até aqui, apenas para antecipar e contradizer suas conclusões?

Este medo o tornou ainda mais assertivo em seu testemunho e, apertando com afeto a mão de Georges Cazévon, ele formulou:

– Senhor, prometi vir aqui, antes da minha partida, para descrever os resultados da minha investigação e o teor do relatório que apresentarei. Tudo está inteiramente de acordo com a forma como o caso tem sido considerado, até agora.

E, usando as próprias palavras de Barnett, ele acrescentou:

– Os rumores propagados contra o senhor pela srta. d'Alescar não merecem nenhum crédito.

Barnett concordou.

– Muito bem, foi exatamente isso que eu anunciei ao sr. Cazévon. Mais uma vez, meu mestre e amigo Béchoux mostra sua habitual perspicácia. Devo dizer, por outro lado, que o sr. Cazévon possui a coragem de responder da maneira mais generosa às calúnias das quais ele é objeto. Ele vai restituir à srta. d'Alescar o patrimônio de seus antepassados.

Béchoux parecia ter recebido um golpe.

– Hein? Será possível?

– Muito possível – disse Barnett. – Todo este caso deixou o sr. Cazévon muito irritado com este lugar, e ele tem em vista um castelo mais próximo de suas fábricas em Guéret. O sr. Cazévon estava mesmo, quando entrei, prestes a redigir o rascunho da doação, e ele expressou o desejo de acrescentar ainda um cheque de cem mil francos ao portador, que seria dado como indenização à srta. d'Alescar. Ainda estamos de acordo, não estamos, sr. Cazévon?

Este último não hesitou por um segundo. Ele obedeceu às ordens de Barnett como se estivesse agindo por vontade própria e para sua satisfação. Sentou-se à sua mesa, redigiu a escritura e assinou o cheque.

– Aqui está, senhor – disse ele. – Darei instruções ao meu advogado.

Barnett recebeu os dois documentos, pegou um envelope, fechou-os e disse a Béchoux:

– Pegue, leve isto à srta. d'Alescar. Tenho certeza que ela apreciará o procedimento do sr. Cazévon. Saudações, senhor. Não tenho palavras para dizer o quanto Béchoux e eu estamos felizes, com este resultado que satisfaz a todos.

Ele saiu rapidamente, seguido por Béchoux, que, cada vez mais desconcertado, murmurou no parque:

– Então, foi ele que disparou a arma?... Ele admitiu o crime?

– Não se preocupe com isso, Béchoux – disse Barnett – e esqueça o assunto. Está resolvido, e, como você vê, foi o melhor para todos. Então, cumpra sua missão com a srta. d'Alescar, peça-lhe silêncio e discrição, e encontre-se comigo na pousada.

Quinze minutos mais tarde, Béchoux retornou. A srta. d'Alescar havia aceitado a doação, e instruiria seu advogado a contatar o advogado de Georges Cazévon. Mas ela recusou o dinheiro. Indignada, rasgou o cheque.

Barnett e Béchoux partiram. A viagem foi rápida e taciturna. O inspetor não parava de conjecturar: ele não entendia nada, e o seu amigo Barnett parecia pouco disposto a confidências.

Em Paris, onde chegaram às três horas da tarde, Barnett convidou Béchoux para almoçar nos arredores da Bolsa. Béchoux, inerte e ainda incapaz de sacudir seu torpor, aceitou.

– Garçom – disse Barnett –, eu tenho um pequeno pedido a fazer.

A espera não foi longa. Eles almoçaram copiosamente. Enquanto tomava seu café, Béchoux disse:

– Tenho que devolver ao sr. Cazévon os pedaços do cheque.

– Não se preocupe, Béchoux.

– Por quê?

– O cheque não valia nada.

– Como assim?

– Nadinha. Prevendo a recusa da srta. d'Alescar, eu coloquei um cheque velho e vencido no envelope.

– Mas, e o verdadeiro? – gemeu Béchoux. – Aquele que M. Cazévon assinou?

– Acabei de sacá-lo no banco.

Jim Barnett abriu seu casaco e ostentou um maço de dinheiro.

O cálice de Béchoux caiu de suas mãos. Entretanto, ele tentava se controlar. Eles fumaram por um longo tempo, de frente um para o outro.

No final, Jim Barnett disse:

– Na verdade, Béchoux, nossa colaboração tem sido muito frutífera até agora. Tantas expedições, tantos sucessos favoráveis ao aumento das minhas pequenas economias. Juro que começo a sentir vergonha de você, porque nós trabalhamos juntos e sou eu quem ganha. Vejamos, Béchoux, o que você acha de se tornar um parceiro na empresa? Agência Barnett e Béchoux... hein? Nada mal...

Béchoux lançou para ele um olhar de ódio. Ele nunca havia odiado tanto um homem.

Ele se levantou, jogou o dinheiro na mesa para pagar a conta, e ruminou, enquanto se afastava:

– Há momentos em que me pergunto se este sujeito não é o próprio diabo.

– Isso é o que às vezes também me pergunto – disse Barnett, com uma risada.

LUVAS BRANCAS, POLAINAS BRANCAS

Béchoux saltou de seu táxi e precipitou-se dentro da agência como um furacão.

– Ah, que bom! – exclamou Barnett, que foi correndo ao seu encontro. – Nós nos separamos tão friamente no outro dia, e eu temia que você estivesse com raiva. Então, o que foi? Você precisa de mim?

– Sim, Barnett.

Barnett apertou suas mãos vigorosamente.

– Que bom! Mas o que está acontecendo? Você está todo vermelho. Você está com escarlatina?

– Não ria, Barnett. É um caso difícil, e eu gostaria de sair dele com meus próprios méritos.

– Do que se trata?

– Da minha esposa.

– Sua esposa! Então você é casado?

– Divorciado há seis anos.

– Incompatibilidade de gênios?

– Não, ela quis seguir a sua vocação.
– E por que deixá-lo?
– Ela queria fazer teatro. Você pode imaginar isso? A esposa de um inspetor de polícia!
– E ela é bem sucedida?
– Sim, ela canta.
– Na ópera?
– No Folies-Bergère.
– Nome?
– Olga Vaubant.
– A cantora acrobata?
– Sim.

Jim Barnett expressou seu entusiasmo.

– Parabéns, Béchoux! Olga Vaubant é uma verdadeira artista, que encontrou uma nova fórmula com suas canções "subversivas". Seu último número, cantado de cabeça para baixo: *"Isadora... me adora. Mas é o Antero... que eu quero"*, faz sentir a emoção da grande arte.

– Muito obrigado. Veja o que eu recebi dela – disse Béchoux, lendo um bilhete escrito a lápis, datado daquela mesma manhã.

Roubaram o meu quarto. Minha pobre mãe quase foi assassinada. Venha. Olga.

– "Quase" é uma brincadeira! – disse Barnett.

Béchoux continuou:

– Telefonei imediatamente para a polícia, onde o assunto já é conhecido, e obtive permissão para me juntar aos colegas que estão no local.

– E do que você tem medo? – perguntou Barnett.

– De vê-la novamente – disse Béchoux, num tom lamentável.

– Você ainda a ama?

– Quando a vejo, fico balançado... Minha garganta se fecha... Eu gaguejo... Você consegue imaginar uma investigação sob estas condições? Eu só cometeria erros.

– E você gostaria, pelo contrário, de permanecer digno diante dela e estar à altura de sua reputação?

– É isso mesmo.

– De qualquer forma, você conta comigo?

– Sim, Barnett.

– Como é o comportamento de sua esposa?

– Irrepreensível. Se não fosse por sua vocação, Olga continuaria a ser a sra. Béchoux.

– E seria uma pena para a arte – disse Jim Barnett gravemente, e pegou seu chapéu.

Em poucos minutos eles chegaram a uma das ruas mais tranquilas e desertas ao redor dos Jardins de Luxemburgo. Olga Vaubant ocupava o terceiro e último andar de uma casa burguesa, cujas janelas do piso térreo eram altas e equipadas com barras de ferro.

– Mais uma coisa – disse Béchoux. – Renuncie de uma vez por todas a esses ganhos que desonram nossas expedições.

– Minha consciência... – objetou Barnett.

– Deixe-a em paz – disse Béchoux –, e pense em mim e nas queixas que ela faz de mim.

– Você acha que eu poderia roubar Olga Vaubant?

– Peço que desta vez não roube ninguém.

– Nem mesmo aqueles que merecerem?

– Existe a lei para puni-los.

Barnett suspirou:

– Não seria tão divertido! Mas de qualquer forma, já que você está pedindo...

Um policial vigiava a porta, outro permanecia no alojamento com o casal de zeladores, que estava abalado pelo acontecimento. Béchoux soube que o comissário distrital e dois agentes da Sûreté estavam deixando a casa, e que o juiz de instrução tinha feito uma investigação sumária.

– Vamos aproveitar que não há ninguém aqui – disse Béchoux a Barnett.

E, enquanto subiam, ele explicou:

— Esta é uma antiga pensão, onde se conservam os costumes de antigamente. Por exemplo, a porta está sempre fechada, ninguém tem a chave, e só se pode entrar tocando a campainha. A primeira casa é ocupada por um clérigo, a segunda por um magistrado, e o zelador faz seus trabalhos domésticos. Quanto a Olga, ela vive a mais respeitável existência, junto de sua mãe e de duas senhoras que a criaram.

A porta foi aberta. Béchoux explicou que, à direita, o vestiário levava ao quarto e ao *boudoir* de Olga; à esquerda, levava ao quarto da mãe e das duas senhoras; e, em frente, havia um estúdio de pintura transformado em academia, com barras, trapézio, argolas e muitos acessórios espalhados entre as poltronas e sofás.

Assim que entraram na sala, uma silhueta surgiu do alto, por trás do dossel que filtrava a luz do dia. Era um pequeno rapaz, que ria e sacudia uma moita de cabelos vermelhos e revoltos sobre um rosto delicioso. Sob a fantasia, que era apertada na cintura, Barnett reconheceu Olga Vaubant. Ela exclamou imediatamente, com entoações teatrais:

— Ah, Béchoux, a mamãe está bem. Ela está dormindo. Minha querida mãe! Que sorte!

Ela baixou a cabeça e ficou sobre seus dois braços estendidos, com os pés no ar, e cantou, com uma voz comovente e rouca:

— *"Isadora... me adora. Mas é o Antero... que eu quero."* E eu também te quero bem, meu bom Béchoux — disse ela, levantando-se. — Sim, é bom que tenha vindo tão rápido.

— Jim Barnett, um camarada — apresentou Béchoux, que tentava se segurar, mas cujo olho molhado e tiques nervosos traíam sua consternação.

Ela disse:

— Perfeito! Vocês dois vão desvendar tudo isso e reaver meu quarto. Agora é com vocês. Ah, é minha vez de apresentar Del Prego, meu professor de ginástica, massagista, maquiador, comerciante de pomadas e produtos de beleza, que faz furor entre as senhoras do circuito musical, e que faz as pessoas rejuvenescerem e se alongarem como nenhum outro. Faça uma reverência, Del Prego.

Del Prego curvou-se. Ele tinha ombros largos, pele acobreada, a figura completa e o aspecto de um velho palhaço. Ele estava vestido de cinza, usava luvas e polainas brancas, e segurava um leve chapéu de feltro em sua mão. E imediatamente, gesticulando, sorrindo, misturando o seu francês exótico com palavras de espanhol, inglês e russo, ele quis explicar seu método de alongamento progressivo. Olga o cortou.

– Não há tempo a perder. De que informações você precisa, Béchoux?

– Antes de mais nada – disse Béchoux – precisamos ver seu quarto.

– Vamos, *presto!*

Com um salto, ela se agarrou ao trapézio, deu um impulso até os dois anéis, e depois caiu de pé em frente à porta.

– Aqui estamos nós – diz ela.

O quarto estava absolutamente, radicalmente vazio. Cama, móveis, cortinas, quadros, espelhos, tapetes, bibelôs... nada. Nem uma empresa de mudanças deixaria um quarto mais vazio. Olga riu.

– Hein? Limparam tudo! Até o meu conjunto de escovas de marfim, eles levaram! Tiraram até a poeira! E como eu adorava o meu quarto! Puro Luís XV... Comprado peça por peça! Uma cama onde dormiu Pompadour! Quatro gravuras de Boucher! Uma cômoda personalizada! Investi aqui todo o dinheiro da minha turnê na América!

Ela deu uma cambalhota, sacudiu o cabelo e disse alegremente:

– Bah! Posso montar outro. Com meus músculos de borracha e minha voz rouca, não estou em apuros... Mas por que me olha assim, Béchoux? Você está sempre derretendo aos meus pés! Venha, me dê um abraço, e faça suas perguntas, para que possamos terminar com isso antes da chegada dos homens do Ministério Público.

Béchoux disse:

– Conte-nos o que aconteceu.

– Oh, não vou levar muito tempo – disse ela. – Ontem à noite, tinha acabado de soar às dez horas. Devo lhes dizer que saí às oito horas com Del

Prego, que me acompanhou ao Folies-Bergère em vez da mamãe. Mamãe estava tricotando. Bem, o sino tocou. De repente, ouviu-se um barulho, vindo do meu quarto. Ela correu para lá. À luz de uma lâmpada elétrica, que se apagou imediatamente, ela viu um homem desmontando a cama, e outro que lhe deu uma pancada na cabeça e a derrubou, enquanto o primeiro a cobria com uma toalha de mesa. Em seguida, eles esvaziaram a sala, um deles ia descendo os móveis. Mamãe não se mexeu, não gritou. Ela ouviu o som de um carro grande ligado na rua, e depois ela desmaiou.

– Então – disse Béchoux – quando você voltou do Folies-Bergère...?

– Encontrei a porta do andar de baixo aberta, a porta deste apartamento aberta e a mamãe desmaiada. Imagine o meu desespero!

– Os zeladores?

– Você os conhece. Dois bons velhos que vivem aqui há trinta anos, e que não se incomodariam nem com um terremoto. Somente o toque da campainha da porta pode despertá-los à noite. Eles juram por Deus que, desde as dez horas da noite, quando adormeceram, até a manhã, ninguém tocou a campainha.

– E, portanto, – disse Béchoux – eles não acionaram nem uma única vez o cordão que abre a porta?

– Isso mesmo.

– E quanto aos outros inquilinos?

– Eles também não ouviram nada.

– E, no final das contas...

– No final das contas, o quê?

– Sua opinião, Olga!

A jovem mulher se divertia.

– Você me vem com cada uma! Por acaso eu preciso ter uma opinião? Na verdade, você me parece tão bobo quanto os tipos do Ministério Público.

– Mas – disse ele, surpreso – nós mal começamos!

– E tudo o que eu disse, fofinho, não é suficiente para esclarecê-lo? Se o homem chamado Barnett for tão burro quanto você, posso dizer adeus à minha cama Pompadour.

O homem chamado Barnett deu um passo à frente e perguntou:

– Para quando você deseja sua cama Pompadour, madame?

– Como? – ela disse, olhando com surpresa para esta pessoa de aparência um tanto falível, à qual ela não havia prestado atenção.

Ele especificou, em um tom familiar:

– Eu gostaria de saber o dia e a hora em que você deseja retomar a posse de sua cama Pompadour e de seu quarto inteiro.

– Mas...

– Vamos marcar a data. Hoje é terça-feira. Que tal na próxima terça-feira?

Ela arregalou os olhos, e parecia sufocada. O que significava essa proposta incomum? Era uma brincadeira ou uma vanglória? E de repente ela riu.

– Eis um engraçadinho! Onde você conseguiu esse amigo, Béchoux? Está vendo, ele tem coragem, esse que se chama Barnett! Uma semana! Até parece que ele tem a minha cama Pompadour no bolso! E vocês acham que vou perder meu tempo com vigaristas como vocês!

Ela empurrou os dois para o corredor.

– Vão, vão, sumam daqui! E não quero vê-los novamente. Não gosto de ser feita de boba. Que farsantes, esses comunistas!

A porta da oficina foi fechada ruidosamente sobre os dois comunistas. Béchoux, em desespero, gemeu:

– Não se passaram dez minutos desde a nossa chegada.

Silenciosamente, Barnett examinava o corredor, e fazia algumas perguntas a uma das senhoras. Quando desceram a escadaria, ele entrou no alojamento do zelador, o qual também questionou. Então, já do lado de fora, ele parou um táxi que estava de passagem e deu seu endereço na Rue de Laborde, enquanto Béchoux permaneceu atordoado na calçada.

Se Barnett tinha prestígio aos olhos de Béchoux, Olga tinha ainda mais; e ele não tinha dúvidas de que, segundo as palavras de Olga, Barnett havia se envolvido em problemas, com uma promessa que só poderia ser uma farsa.

Béchoux teve provas disso no dia seguinte, quando foi à agência Barnett. Em sua cadeira, com os pés em cima da mesa, Barnett estava fumando.

– Se é dessa maneira que você leva o caso a sério – gritou Béchoux furiosamente –, corremos o risco de ficar patinando *ad aeternum*. Eu tenho trabalhado muito, mas os sujeitos do Ministério Público não estão nem aí. Nem eu, aliás. Concordamos em certos pontos. Por exemplo, que é materialmente impossível entrar na casa, mesmo com uma chave falsa, a menos que a porta seja aberta por dentro. E como não havia ninguém lá dentro para ser acusado como cúmplice, chegamos a estas duas conclusões inevitáveis: 1) Que um dos dois assaltantes estava na casa no final do dia anterior, e abriu a porta para seu cúmplice; 2) Que ele não poderia ter entrado sem ser visto por um dos zeladores, pois a porta da casa permanece sempre fechada. Mas quem entrou? Quem serviu como introdutor? Um mistério. E então?

Barnett permaneceu em silêncio. Ele parecia estar completamente alheio ao caso. E Béchoux continuava:

– Fizemos uma lista das poucas pessoas que entraram na véspera. Para cada um deles, os zeladores foram igualmente categóricos: cada pessoa que entrou, saiu novamente. Portanto, não há pistas. E o roubo, que reconstituímos em suas diversas fases, e que foi realizado com tanta simplicidade e audácia, permanece absolutamente inexplicável quanto à sua própria origem. Hein, o que você diz sobre este caso?

Barnett se esticou, parecendo voltar à realidade, e pronunciou:

– Ela é deliciosa.

– Quem? Quem é o quê? Quem é deliciosa?

– A sua mulher.

– Hein?

– Tão encantadora na vida quanto no palco. Que vivacidade! Que exuberância! Uma verdadeira garota de Paris... cheia de gosto e delicadeza! A ideia de investir as economias na compra de uma cama Pompadour, não é encantadora? Béchoux, você não merece a sorte que tem.

Béchoux resmungou:

– Minha sorte já se foi há muito tempo.

– Quanto tempo durou?

– Um mês.

– E você ainda reclama?

No sábado, Béchoux voltou à carga. Barnett fumava, sonhava acordado e não respondia nada. Finalmente, na segunda-feira, Béchoux voltou, desanimado.

– Não está dando certo – rosnou ele. – Todos esses caras são uns idiotas. E enquanto isso, a cama Pompadour e o quarto de Olga devem estar viajando para algum porto, onde serão embarcados para o exterior e lá vendidos. O que eu, um inspetor de polícia, pareço para Olga? Um idiota.

Ele observava Barnett, que contemplava a fumaça de seu cigarro girando em direção ao teto, e ficou indignado.

– Estamos lutando contra adversários formidáveis, como você nunca conheceu antes... Pessoas que operam com um método particular, um truque tão perfeito que já devem tê-lo empregado e treinado bastante... e você continua calmo? Sem dúvida, eles trouxeram alguém para o local, e você não vai fazer nada para descobrir o que eles fizeram?

– Há algo nela – disse Barnett – que me agrada mais do que tudo.

– O quê? – disse Béchoux.

– Sua naturalidade, sua espontaneidade. Não há fingimento. Olga diz o que pensa, age de acordo com seu instinto e vive de acordo com sua fantasia. Repito, Béchoux, ela é uma criatura encantadora.

Béchoux bateu com força na mesa.

– Sabe o que você é para ela? Você é um idiota. Quando ela fala de você com Del Prego, eles riem até doer as costelas. Barnett, o idiota... Barnett, o blefador...

Barnett suspirou:

– Adjetivo doloroso! O que posso fazer para deixar de merecê-lo?

– Amanhã é terça-feira. Você deve devolver a cama Pompadour, como prometeu.

– Infelizmente, não sei onde ela está. Dê-me alguns conselhos, Béchoux.

– Mande prender os assaltantes. Através deles você saberá a verdade.
– Isso é o de menos – disse Barnett. – Você tem um mandado?
– Sim.
– E homens à sua disposição?
– Só preciso telefonar para a delegacia.
– Telefone, então, e peça que eles enviem ainda hoje dois policiais para a região do Luxemburgo, sob as galerias do Odeon.

Béchoux enlouqueceu.

– Você está brincando comigo?
– De forma alguma. Você acha que eu quero parecer uma idiota para Olga Vaubant? O que é isso! Não cumpro sempre as minhas promessas?

Béchoux pensou por alguns segundos. Ele teve a impressão repentina de que Barnett estava falando sério, e que por seis dias ele ficou deitado em sua poltrona pensando sobre o enigma. Ele não dizia sempre que há casos em que a reflexão é melhor do que qualquer investigação?

Sem mais perguntas, Béchoux telefonou para um amigo, um homem chamado Albert, que era o colaborador mais direto do chefe da Sûreté. Foi combinado que dois inspetores seriam enviados para o Odeon.

Barnett se levantou e se aprontou. Eram três horas da tarde. Eles saíram.

– Vamos para o bairro de Olga? – perguntou Béchoux.
– Vamos para a pensão.
– Para falar com ela?
– Para falar com os zeladores.

Os dois se instalaram na parte de trás do imóvel, depois que Barnett aconselhou os zeladores a não dizer uma palavra, ou fazer qualquer coisa que pudesse sugerir que alguém estivesse ali. Uma grande colcha de cama os escondia. De ambos os lados, eles podiam ver qualquer um que pudesse puxar a corda, para entrar ou para sair.

Viram chegar o padre do primeiro andar, e depois uma das amas de Olga, que entrou correndo com uma cesta debaixo do braço.

– Quem diabos estamos esperando? – murmurou Béchoux. – Qual é o seu propósito?

– Ensinar o seu trabalho.

– Mas...

– Silêncio.

Às três e meia, Del Prego entrou. Luvas brancas, polainas brancas, terno cinza, chapéu claro. Ele acenou, dizendo bom dia para os porteiros, e subiu as escadas. Era a hora da aula diária de ginástica.

Quarenta minutos depois ele saiu novamente, e voltou com um maço de cigarros que tinha ido comprar. Luvas brancas... polainas brancas...

Passaram mais três pessoas, ao acaso. E de repente Béchoux sussurrou:

– Lá vem ele novamente, pela terceira vez. Mas por onde ele saiu?

– Por esta porta, eu suponho.

– Eu acho que não – declarou Béchoux, menos assertivo – a menos que tenhamos observado mal. O que você acha, Barnett?

Barnett empurrou a cortina para o lado e respondeu:

– Acho que é hora de agir. Vá procurar seus colegas, Béchoux.

– Devo trazê-los?

– Sim.

– E você?

– Vou subir as escadas.

– Você vai esperar por mim?

– Para quê?

– Mas o que está acontecendo?

– Você vai ver. Vocês três ficam no segundo andar. Vou chamar vocês.

– Você acha que vai ter briga?

– Com certeza.

– Contra quem?

– Contra alguns caras bem duros, tenho certeza. Vá depressa.

Béchoux saiu. Barnett, como havia anunciado, subiu os três lances de escada e tocou a campainha. Entrou na sala de ginástica, onde Olga terminava sua aula sob a supervisão de Del Prego.

– Vejam, o intrépido sr. Barnett! – gritou Olga do alto de uma escada de corda. – O todo-poderoso sr. Barnett. Bem, sr. Barnett, você está trazendo minha cama Pompadour?

– Quase isso, senhora. Estou atrapalhando?

– Pelo contrário.

Com incrível agilidade, ignorando o perigo, ela executava como se fossem brincadeira os movimentos que Del Prego lhe indicava, com instruções breves. O professor aprovava, criticava e às vezes dava o exemplo, sendo ele próprio um acrobata experiente, mas mais violento do que flexível – e ansioso, ao que parece, para mostrar sua força, que parecia prodigiosa.

Quando a lição terminou, ele vestiu seu casaco, abotoou suas polainas brancas, tomou suas luvas brancas e seu chapéu.

– Vejo você hoje à noite no teatro, madame Olga.

– Você não vem me buscar hoje, Del Prego? Você teria que me levar, já que a mamãe não está aqui.

– Não pode ser, Madame Olga. Eu tenho uma aula antes do jantar.

Ele se dirigia para a saída, mas teve que parar. Barnett ficou entre ele e a porta.

– Apenas algumas palavras, meu caro senhor, – disse Barnett – pois o acaso favorável me coloca em sua presença.

– Lamento muito, mas...

– Devo me apresentar novamente? Jim Barnett, detetive particular da agência Barnett e Associados, amigo de Béchoux.

Del Prego deu um passo à frente:

– Minhas desculpas, senhor, mas tenho um pouco de pressa.

– Oh, só um minuto, não mais... o tempo para recuperar suas memórias.

– Sobre o quê?

– Sobre um certo turco...

– Um turco?

– Sim, um que se chama Ben-Vali.

O professor acenou com a cabeça e respondeu:

– Ben-Vali? Nunca ouvi esse nome.

– Talvez o nome de um certo Avernoff seja familiar para você?

– Também não. Quem são esses cavalheiros?

– Dois assassinos.

Houve um breve silêncio. Então Del Prego disse com uma risada:

– Eles são do tipo de pessoas das quais não gosto muito de estar por perto.

– Dizem, pelo contrário – disse Barnett –, que você os conhecia intimamente.

Del Prego olhou para ele da cabeça aos pés e mastigou-o:

– O que significa tudo isso? Explique-se! As charadas me aborrecem.

– Sente-se, sr. Del Prego. Falaremos mais confortavelmente.

Del Prego respondeu com um gesto de impaciência. Olga tinha se aproximado dos dois homens, linda e curiosa, muito pequenina em seu traje de ginástica.

– Sente-se, Del Prego. Pense nisso como minha cama Pompadour.

– Justamente – disse Barnett. – E acredite em mim, sr. Del Prego, não estou propondo nenhuma charada. Em minha primeira visita aqui, após o roubo, não pude deixar de me lembrar de dois eventos que têm sido muito discutidos ao longo dos anos, e sobre os quais eu gostaria de saber sua opinião. Alguns minutos serão suficientes.

Barnett não estava mais em sua atitude subalterna de costume. O tom de sua voz assumiu uma autoridade que não podia ser evitada. Olga Vaubant ficou bastante impressionada. Del Prego foi dominado e rosnou:

– Fale logo.

– Aqui está.

E Barnett começou:

– Há três anos, um joalheiro que morava com seu pai no andar superior de um grande edifício no coração de Paris, o sr. Saurois, tinha negócios com um certo Ben-Vali, que usava um turbante e um traje turco com calças largas. Ele negociava com pedras preciosas de segunda categoria, topázio oriental, pérolas barrocas, ametistas, etc. Certa noite, após um dia em que Ben-Vali tinha ido várias vezes à sua casa, o joalheiro Saurois, voltando do teatro, encontrou seu pai esfaqueado e suas caixas de joias completamente vazias. A investigação provou que o crime tinha sido cometido, não pelo próprio Ben-Vali, que tinha um álibi inquestionável, mas por alguém que Ben-Vali tinha trazido naquela tarde. Além disso, foi impossível colocar as mãos sobre esse certo alguém, e tampouco sobre o turco. O caso foi encerrado. Você se lembra do caso?

– Não faz nem dez anos que cheguei a Paris – replicou Del Prego. – Por outro lado, não sei o que tenho com isso.

Jim Barnett continuou:

– Dez meses antes, outro crime do mesmo tipo, cuja vítima foi um colecionador de medalhas, o sr. Davoul, e cujo perpetrador certamente tinha sido levado para sua casa e escondido pelo conde Avernoff – um russo que usava um boné de astracã e um longo sobretudo.

– Eu me lembro disso – disse Olga Vaubant, que já estava muito pálida.

– Imediatamente – disse Barnett – pensei ter visto entre estes dois fatos e o roubo do quarto Pompadour, não uma analogia marcante, mas certa semelhança familiar. O roubo das joias do joalheiro Saurois e o roubo das medalhas do colecionador Davoul tinham sido realizados por dois estranhos, e pelo procedimento executado aqui, ou seja: pela introdução prévia de um ou dois cúmplices encarregados da tarefa. Mas qual era a característica deste procedimento? Eu não percebi à primeira vista, e vinha lutando com isso há vários dias, em silêncio e solidão. Com os dois elementos que eu tinha, o crime Ben-Vali e o crime Avernoff, eu tive que estabelecer a ideia geral de um esquema que deve ter sido aplicado em muitas outras circunstâncias, das quais eu não tinha conhecimento.

– E você descobriu? – perguntou Olga, com uma voz apaixonada.

– Sim, e devo admitir que a ideia é realmente bela. É uma arte, e eu conheço muito sobre arte... Uma arte nova e original, e que não deve nada a ninguém... uma grande arte! Enquanto a multidão de assaltantes e assassinos age de forma abafada e furtiva, ou enviam cúmplices antecipadamente: encanadores, entregadores e tantos outros, que entram furtivamente nas casas, esses artistas fazem seus negócios em plena luz do dia, de cabeça erguida. Quanto mais você os conhece, melhor. Eles entram na casa publicamente, onde são familiares, onde você está acostumado a vê-los. E então, no dia marcado, eles saem... E entram novamente... E saem novamente... E então, quando o líder do bando já está lá dentro, aparece alguém que se parece tanto com ele, que achamos que é ele mesmo. Isso não é admirável?

Barnett se dirigiu a Del Prego e lançou ardentemente:

– É genial, Del Prego! Sim, genial! Outra pessoa, repito, tentaria ser discreta, como um rato de hotel, vestindo-se de cores neutras e de uma forma que não chamasse a atenção. Mas esses artistas entenderam que tinham que ser notados. Se um russo de chapéu de pele ou um turco de calças bufantes passar quatro vezes por dia em uma escada, ninguém notará que ele entrou cinco vezes e saiu apenas quatro. É na quinta vez que o cúmplice entra. E ninguém suspeita disso. É assim que é feito. Tiro o meu chapéu! Quem concebeu esse golpe e o aplica desta maneira é um mestre e, de fato, eu afirmo que um mestre dessa envergadura só nasce uma vez. Para mim, Ben-Vali e conde Avernoff são a mesma pessoa. Seria ilegítimo dizer que ele apareceu uma terceira vez, sob um terceiro disfarce, no nosso assunto em questão? Primeiro russo, depois otomano... e depois... quem poderíamos ver aqui, tendo a mesma característica de estrangeiro e se vestindo da mesma maneira peculiar?

Uma pausa. Olga teve um gesto de indignação. De repente, ela entendeu o que Barnett tinha em vista desde o início de suas explicações, e protestou.

– Ah, não. É uma insinuação contra a qual me revolto.

Del Prego sorriu, indulgentemente.

– Não importa, Madame Olga... O sr. Barnett está se divertindo...

– Claro, Del Prego – disse Barnett –, estou me divertindo, e você tem toda a razão em não levar a sério meu pequeno romance de aventura, pelo menos até que você saiba o resultado. Você é um estrangeiro, eu sei, e se veste de modo a ser notado, com luvas brancas e polainas brancas. Você tem uma máscara maleável, que é capaz de transformação, e que o favorece mais do que a qualquer outro. Pode mudar de um russo para um turco, e de um turco para um rastaquera. É verdade que você é uma figura familiar na casa, e suas muitas tarefas o demandam aqui várias vezes ao dia. Mas sua reputação como homem honesto é inatacável, e Olga Vaubant confia em você. Portanto, não se trata de acusá-lo. Mas, o que fazer? Você entende meu constrangimento? O único culpado possível é você, e você não pode ser acusado. Não é assim, Olga Vaubant?

– Não, não – disse ela, com os olhos brilhando de febre e ansiedade.

– Então a quem acusar? Que meios empregar? Descobri uma maneira muito simples.

– Qual deles?

– Eu montei uma armadilha.

– Uma armadilha? Mas como?

Jim Barnett perguntou:

– A senhora recebeu um telefonema do barão de Laureins, anteontem?

– Sim, de fato.

– Ele veio vê-la ontem?

– Sim... sim...

– E trouxe uma caixa pesada cheia de pratarias, com o brasão de Pompadour?

– Aqui está, sobre esta mesa.

– O barão de Laureins, que está arruinado, está tentando vender esta caixa que recebeu de seus antepassados no Étioles, e a deixou com a senhora em confiança até amanhã, terça-feira.

– Como você sabe disso?

– Sou eu, o barão. Então, a senhora mostrou para alguém, e tem admirado esta prata maravilhosa?

– Sim.

– Por outro lado, sua mãe recebeu um telegrama da província pedindo-lhe que fosse acudir uma irmã doente?

– Quem lhe disse isso?

– Fui eu quem enviou o telegrama. Então, com sua mãe ausente desde cedo, e com esta caixa de pratarias depositada nesta sala até amanhã, que tentação seria para um de seus conhecidos conseguir entrar em seu quarto, para repetir sua ousadia e roubá-la?

Olga de repente ficou assustada e gritou:

– E a tentativa seria hoje à noite?

– Hoje à noite.

– Mas é assustador! – ela disse, com uma voz trêmula.

Del Prego, que ouvira tudo sem se abalar, levantou-se e disse:

– Não há nada de assustador nisso, Madame Olga, pois a senhora foi advertida. Tudo o que você tem que fazer é contar à polícia. Se me permitir, irei imediatamente.

– Daqui você não sai! – protestou Barnett. – Eu preciso de você, Del Prego.

– Eu não vejo nada em que possa ser útil para você.

– Sim! Para a prisão do cúmplice.

– Temos tempo, pois o golpe será hoje à noite.

– Sim, mas lembre-se de que o cúmplice entra na casa com antecedência.

– Então ele já está aqui dentro?

– Já faz meia hora.

– Vamos lá! Foi depois que eu cheguei?

– Desde a sua segunda chegada.

– É inacreditável.

– Eu o vi entrar, como eu te vejo agora.

– Então ele está escondido neste apartamento?

– Sim.

– Onde?

Barnett estendeu seu dedo em direção à porta.

– Ali. Há um armário no vestíbulo cheio de roupas e vestidos, onde ninguém mexe na parte da tarde. Ele está ali.

– Mas ele não poderia ter entrado sozinho?

– Não.

– Quem abriu a porta para ele?

– Você, Del Prego.

Era evidente, desde o início da conversa, que todas as palavras de Barnett eram dirigidas ao professor de ginástica, e que constituíam alusões cada vez mais precisas. No entanto, o ataque direto assustou Del Prego. Seu rosto expressava o tumulto dos sentimentos que estavam lutando dentro dele, e que ele tinha sido capaz de esconder até então: fúria, inquietação, vontade de reagir...

Barnett, adivinhando sua hesitação, aproveitou para ganhar o corredor e puxar um homem para fora do armário, empurrando-o para o ateliê.

– Ah! – exclamou Olga. – Era verdade, então?

O homem, da mesma altura que Del Prego, estava vestido de cinza como ele, e ornado com polainas brancas como as dele. Ele tinha o mesmo tipo de rosto, gordo e maleável.

– Você esqueceu seu chapéu e suas luvas, meu senhor – disse Barnett, que enfiou um chapéu de feltro de cor clara em sua cabeça e lhe entregou as luvas brancas.

Olga, atônita, afastava-se passo a passo e, sem tirar os olhos dos dois homens, subiu de costas os degraus de uma escada. De repente, ela tomou ciência de quem era Del Prego e dos riscos que ela tinha corrido perto dele.

– Hein? – dizia Barnett a ela, rindo. – Não é engraçado? Eles não parecem gêmeos, mas com sua estatura semelhante, suas caras manjadas de palhaço e, especialmente, sua aparência idêntica, eles são como irmãos.

Os dois cúmplices se recuperavam gradualmente de sua derrota. Mas eles, que eram fortes e vigorosos, tinham apenas um adversário à sua frente – e que fazia até dó, em seu casaco justo e sua aparência de pequeno homem de negócios.

Del Prego gaguejou uma frase em uma língua estrangeira, que Barnett interpretou imediatamente.

– Não é preciso falar russo – disse ele –para perguntar a seu ajudante se ele tem um revólver.

Del Prego vacilou de raiva, e disse algumas palavras em outra língua.

– Você está com azar! – exclamou Barnett. – Eu conheço o turco como a palma da minha mão! E eu também gostaria de avisá-lo: ali nas escadas está o Béchoux, que você conhece, o marido de Olga, e dois de seus colegas. Qualquer estrondo, e eles aparecem

Del Prego e o outro trocaram um olhar. Eles estavam perdidos. No entanto, eles eram do tipo de homens que não se rendem antes de uma boa briga; e, aparentemente imóveis, com movimentos imperceptíveis, aproximaram-se de Barnett.

– Isso mesmo! – gritou este último. – Uma luta de braço de ferro, uma luta feroz... E então, quando eu estiver fora de combate, vocês experimentarão a delicadeza de Béchoux. Cuidado, Madame Olga! Você está prestes a testemunhar algo esplêndido! Os dois colossos contra um fracote! Os dois Golias contra Davi... Vá em frente, Del Prego! Seja rápido! Vamos, tenha um pouco de coragem! Pule na minha garganta!

Três passos os separavam. Os dois bandidos crispavam os dedos. Mais um segundo, e eles avançariam.

Barnett se adiantou. Ele se jogou no chão, agarrou cada um deles por uma perna, e os derrubou como manequins. Antes de terem tempo de se defender, eles sentiram que suas cabeças estavam presas por uma mão que lhes pareceu mais implacável do que uma barra de ferro. Eles resmungaram de uma só vez. Estavam sufocando. Seus braços não tinham mais força.

– Olga Vaubant – disse Barnett, com uma calma surpreendente –, tenha a gentileza de abrir a porta e chamar Béchoux.

Olga pulou da escada e correu para a porta, tão rápido quanto permitiam as forças que lhe restavam.

– Béchoux! Béchoux! – ela gritou.

E, voltando com o inspetor, cheia de entusiasmo e pavor ao mesmo tempo, ela disse:

– Aí está! Ele os "torpedeou", sozinho! Eu nunca esperaria isso dele!...

– Aqui – disse Barnett a Béchoux – aqui estão seus dois clientes. Basta colocar as algemas nos pulsos deles, para que eu possa deixá-los respirar, os pobres diabos! Não, não os aperte muito, Béchoux! Garanto que serão razoáveis. Certo, Del Prego? Ainda está com vontade de resmungar?

Ele se levantou, beijou a mão de Olga, que olhava para ele com um olhar atordoado, e depois exclamou alegremente:

– Ah, Béchoux, que bela caçada! Duas grandes bestas, entre as maiores e mais astutas! Del Prego, todos os meus cumprimentos pela maneira como você trabalha.

Com as pontas de seus dedos rígidos, ele dava pequenos cutucões no peito do professor, que Béchoux segurava com a ajuda de uma corrente. E ele continuava, com alegria crescente:

– É genial, repito, é genial. Há pouco, nos aposentos dos zeladores, de onde estávamos observando, eu vi que a última pessoa a chegar não era você. Eu já conhecia seu truque. Mas Béchoux, após um segundo de incerteza, caiu nessa e acreditou que esse senhor de polainas brancas, luvas brancas, chapéu leve e jaqueta cinza, era de fato o Del Prego que ele havia visto passar várias vezes, o que permitiu que o Del Prego número dois subisse silenciosamente, passasse pela porta que você não tinha fechado, e se escondesse no armário. Exatamente como na noite em que o quarto evaporou-se na escuridão... E você se atreve a me dizer que não é um gênio?

Barnett não conseguia mais conter sua alegria exuberante. Um tremendo salto o colocou em cima do trapézio, do qual ele saltou para um poste estacionário, ao redor do qual girava como um cata-vento. Ele usou a corda, depois os anéis, depois a escada, tudo em um movimento vertiginoso, semelhante às piruetas de um macaco em uma gaiola. E nada era mais cômico do que as abas rígidas e ridículas de seu velho casaco, que flutuavam e rodopiavam atrás dele.

Olga, cada vez mais confusa, de repente se deparou com Barnett, em pé, diante dela.

– Sinta meu coração, linda dama... Nenhuma aceleração, certo? E meu rosto? Nem uma gota de suor.

Ele pegou o telefone e pediu um número:

– A delegacia de polícia, por favor... Departamento de Pesquisa... na Sûreté... Ah! É você, Albert? Sou eu, Béchoux. Você não reconhece minha voz? Deixe pra lá! Avise a todos, por favor, que o inspetor Béchoux prendeu dois assassinos, os autores do roubo de Olga Vaubant.

Ele estendeu sua mão para Béchoux.

– Toda a glória para você, meu velho. Senhora, minhas saudações. Você está me olhando de cara feia, Del Prego?

Del Prego resmungou:

– Acho que só existe uma pessoa que poderia me enganar dessa maneira.

– Quem?

– Arsène Lupin.

Barnett exclamou:

– Ora, ora, Del Prego. Isso é pura psicologia. Ha! Ha! E desde que você não "perca a cabeça", você é muito inteligente, ainda tem recursos. É uma pena que não consiga mais encaixar a cabeça sobre seus ombros.

Ele riu, cumprimentou Olga, e saiu com um passo leve, cantando: *"Isadora... me adora. Mas é o Antero... que eu quero."*

No dia seguinte, Del Prego, fuzilado por perguntas e sobrecarregado de provas, entregou a localização do galpão no subúrbio onde ele havia trancado o quarto de Olga Vaubant. Era uma terça-feira. Barnett havia cumprido sua promessa.

Por alguns dias, Béchoux foi obrigado a ir à província, a negócios. Quando ele voltou, encontrou uma nota de Barnett:

Admita que eu fui leal! Nem um centavo de lucro no negócio! Nenhuma dessas recompensas que o afligem! Mas, por outro lado, ficarei recompensado em manter sua estima!...

À tarde Béchoux, resolvido a romper todas as relações com Barnett, foi à agência na Rue de Laborde.

Estava fechada, na porta havia um bilhete:

Fechado para namoro.
Reabertura após a lua-de-mel.

– Que diabos isso significa? – Béchoux grunhia, tomado por uma ansiedade secreta.

Ele correu para Olga. Porta fechada também. Ele correu para o Folies-Bergère. Ali lhe disseram que a grande artista havia recebido uma fortuna e tinha acabado de sair em viagem.

– Filho da mãe! – gaguejou Béchoux, quando chegou à rua. Seria possível? Já que ele não conseguiu dinheiro, teria ele aproveitado sua vitória e seduzido...?

Suspeita terrível! Um sofrimento incomparável! Como saber? Ou melhor, como não saber e não ter certeza – algo que Béchoux temia mais do que qualquer outra coisa?

Mas, infelizmente, Barnett não soltou a sua presa. E, em várias ocasiões, Béchoux recebeu cartões postais ilustrados e anotados com entusiasmo delirante:

Ah! Béchoux, a luz da lua em Roma! Béchoux, se você alguma vez amar, venha para a Sicília...

E Béchoux rangeu seus dentes:

– Canalha! Eu tinha te perdoado tudo. Mas isso, nunca. Nos vemos em breve, para a minha vingança!

BÉCHOUX PRENDE JIM BARNETT

Béchoux correu afoito para a delegacia, cruzando pátios, subindo escadas e, sem bater, abriu uma porta. Lançou-se em direção ao seu chefe imediato e gaguejou, com o rosto decomposto de emoção:

– Jim Barnett está no caso Desroques! Eu o vi em frente à casa do deputado Desroques, com meus próprios olhos.

– Jim Barnett?

– Sim, o detetive de que lhe falei várias vezes, chefe, que está desaparecido há algumas semanas.

– Com a bailarina Olga?

– Sim, minha ex-mulher! – exclamou Béchoux, levado pela raiva.

– E daí?

– Eu o segui.

– Sem que ele soubesse?

– Um homem seguido por mim nunca suspeita, senhor. E mesmo assim, enquanto ele parecia estar à vontade, ele estava tomando precauções, o bandido! Ele contornou a Place de l'Étoile, seguiu a avenida Kléber e parou na rotatória do Trocadero, sentado em um banco ao lado de uma mulher. Uma espécie de cigana, bonita e pitoresca, de xale colorido e cabelos negros. Após um ou dois minutos conversaram, quase sem mexer os lábios, apontando várias vezes com os olhos para uma casa, na esquina da avenida Kléber com a praça. Depois ele se levantou e foi para o metrô.

– Ainda continuou a segui-lo?

– Sim. Mas, infelizmente já estava passando um trem, e eu não consegui chegar a tempo. Quando voltei à rotatória, a cigana já tinha ido embora.

– Mas e a casa que eles estavam observando, você já foi até lá?

– Vou chegar nesse ponto, chefe.

E Béchoux anunciou pomposamente:

– No quarto andar desta casa, em um apartamento mobiliado, viveu durante as últimas quatro semanas o pai do acusado, o reformado general Desroques, que, como você sabe, veio da província para defender seu filho acusado de rapto, sequestro e assassinato.

A frase teve efeito, e o chefe continuou:

– Você falou com o general?

– Ele abriu a porta e eu lhe contei imediatamente a pequena cena que eu havia testemunhado. Ele não ficou surpreso. No dia anterior, uma mulher cigana tinha vindo vê-lo e ofereceu seus serviços como cartomante e leitora de mãos. Ela havia lhe pedido três mil francos, e deveria aguardar hoje, na Praça do Trocadero, entre duas e três da tarde. Ao primeiro sinal, ela subiria.

– E o que ela queria?

– Creio que ela estava determinada a descobrir e roubar uma famosa fotografia.

– A fotografia que estamos procurando em vão... – exclamou o chefe.

– Sim, aquela que confundiria ou salvaria o deputado Desroques, dependendo dos argumentos da acusação representada pelo pai.

Seguiu-se um longo silêncio. E o chefe sussurrou, com uma voz de confiança:

– Você sabe, Béchoux, qual a recompensa que estamos pagando por essa fotografia?

– Eu sei.

– É ainda mais do que você sabe. É necessário, Béchoux, ouça, é necessário que esta fotografia passe por nossas mãos antes de ser entregue ao Ministério Público.

E acrescentou, ainda mais baixo:

– A polícia primeiro...

Béchoux respondeu, no mesmo tom solene:

– O senhor a terá, chefe, e eu lhe entregarei ao mesmo tempo o detetive Barnett.

Um mês antes, o magnata Véraldy, um dos reis de Paris, graças à sua fortuna, às suas conexões políticas e à ousadia e sucesso de suas empresas, havia esperado em vão por sua esposa na hora do almoço. À hora do jantar ela ainda não havia retornado, e por toda a noite ela não foi vista. A polícia fez investigações, e foi estabelecido com a máxima precisão que Christiane Véraldy, que morava perto do Bois de Boulogne e ali caminhava todas as manhãs, tinha sido abordada por um cavalheiro em uma viela deserta, e arrastada para um carro fechado, que o assaltante imediatamente conduziu, a toda velocidade, em direção ao rio Sena.

O cavalheiro, cujo rosto ninguém conhecia, e que parecia jovem na aparência, usava um pesado sobretudo azul e uma capa preta. Nenhuma outra pista.

Dois dias se passaram. Nenhuma notícia.

Em seguida, uma virada repentina nos acontecimentos. Em um final de tarde, alguns camponeses que trabalhavam não muito longe da estrada de Chartres a Paris, viram um carro que corria em velocidade extraordinária. De repente, ouviu-se um clamor. Eles viram uma porta aberta e uma mulher projetada para fora do carro.

Eles a socorreram de imediato.

Ao mesmo tempo, o carro subiu o aterro, entrou em um prado, bateu em uma árvore e capotou. Um cavalheiro, milagrosamente ileso, saiu do carro e começou a correr em direção à mulher.

Ela estava morta. Sua cabeça havia se chocado em uma pilha de pedras.

Ela foi levada para a cidade mais próxima, e a polícia foi notificada. O cavalheiro não teve dificuldades em dar seu nome: ele era o deputado Jean Desroques, um importante membro do parlamento e líder da oposição. A vítima era ninguém mais, ninguém menos, que a sra. Véraldy.

Imediatamente a batalha começou, ardente e odiosa por parte do marido, e não menos ardente por parte da justiça, que era instigada por certos ministros interessados na prisão do deputado Desroques. Não havia dúvidas sobre o sequestro, pois Jean Desroques estava vestido de azul e usava uma capa preta como a do sequestrador de Christiane Véraldy. Quanto ao assassinato, o testemunho dos camponeses foi categórico: eles tinham visto o braço do homem empurrando a mulher. A suspensão da imunidade parlamentar foi solicitada.

A atitude de Jean Desroques deu à acusação uma força singular. Sem rodeios, ele confessou o rapto e o sequestro. Mas negou absolutamente o testemunho dos camponeses. Ele disse que a sra. Véraldy tinha saltado do carro por vontade própria, e que havia feito todo o possível para segurá-la.

Sobre os motivos deste suicídio, sobre as circunstâncias do sequestro, sobre o que havia acontecido durante os dois dias de ausência, sobre as regiões percorridas, sobre os acontecimentos que precederam o trágico desfecho, ele permaneceu obstinadamente silencioso.

Não foi possível determinar onde ou como ele tinha conhecido a sra. Véraldy, ou mesmo se ela o conhecia, já que ele o sr. Véraldy nunca tinham tido ocasião de serem apresentados.

Quando era pressionado com perguntas, ele respondia:

– Eu não tenho mais nada a dizer. Acreditem no que quiserem. Façam comigo o que quiserem. Aconteça o que acontecer, eu não direi nada.

E ele não compareceu perante a comissão da Câmara dos Deputados.

No dia seguinte, quando os policiais, entre os quais Béchoux, vieram tocar a campainha de sua casa, ele mesmo a abriu e declarou:

– Estou pronto para acompanhá-los, senhores.

Foi feita uma busca minuciosa. Na lareira de seu estúdio, um monte de cinzas mostrou que muitos papéis haviam sido queimados. As gavetas foram revistadas. Os móveis foram esvaziados. Os livros na biblioteca foram sacudidos. Foram amarrados pacotes e mais pacotes de documentos.

Jean Desroques seguiu esta tediosa busca com olhar indiferente. Apenas um incidente marcou a cena, mas um incidente violento e significativo. Béchoux, mais hábil que seus colegas, encontrou um fino rolo de papel, que parecia estar ali por acaso. Quando tentou examiná-lo, Jean Desroques pulou e arrancou-o de suas mãos.

— Isso aqui não importa! É uma fotografia... uma fotografia antiga, arrancada de sua moldura.

Béchoux reagiu com ainda mais vigor, pois a agitação de Desroques lhe parecia anormal, e quis levar o papel de volta. Mas o deputado saiu correndo, fechou a porta atrás de si e tentou entrar na sala ao lado, onde um guarda civil estava vigiando. Béchoux e seus colegas o abordaram imediatamente. Houve uma discussão. Eles revistaram os bolsos de Jean Desroques; o rolo de papel contendo a fotografia não estava mais lá. O guarda foi questionado: ele tinha bloqueado o caminho do fugitivo e, no que diz respeito ao documento procurado, não tinha visto nada. Desroques foi colocado sob mandado e levado para a prisão.

Eis o drama, em suas linhas essenciais. Fez tanto barulho na época (um pouco antes da Grande Guerra) que é inútil lembrar todos os detalhes e demarcar as fases dessa investigação judicial, que não teria levado a nenhum resultado sem a intervenção de Béchoux. O objetivo aqui não é desvendar o caso Desroques, mas destacar o episódio secreto que levou à sua denúncia pública, e ao mesmo tempo encerrar o duelo de Béchoux com seu rival, o detetive Barnett.

Desta vez Béchoux tinha uma grande vantagem, já que conhecia o jogo de Barnett, sabia como Barnett iria atacar, e o jogo estava sendo jogado no próprio terreno de Béchoux. No dia seguinte, de fato, anunciado pelo próprio chefe de polícia, ele se dirigiu à casa do general Desroques.

Um criado, que tinha uma grande barriga e parecia um notário de província em seu casaco preto, abriu a porta. Ele apresentou Béchoux que, das duas às três horas, se fixou atrás de uma janela, vigiando a praça do Trocadero. A cigana não apareceu. Ela também não apareceu no dia seguinte. Talvez Barnett a tivesse alertado.

Béchoux persistiu, em acordo com o general Desroques. Ele era um homem alto, magro, com uma figura enérgica, que mantinha sob seu casaco cinza o ar de um velho oficial, um daqueles homens frios que geralmente falam pouco, mas que, sob a influência de certas paixões, tornam-se exaltados e falam com violência. Agora, sua maior preocupação era seu filho. Para ele, não havia dúvidas sobre a inocência de Jean Desroques. Logo que chegou a Paris, ele o havia proclamado em entrevistas que emocionaram a opinião pública.

– Jean é incapaz de uma má ação. Jean tem apenas uma falha, que é o seu próprio excesso de probidade. Por escrúpulo, ele pode se deixar levar, ao ponto de esquecer totalmente de si mesmo e de seus interesses. E isso vai tão longe, que me recuso a vê-lo em sua cela ou a falar com seu advogado, e ignoro suas objeções. Não vim para conferenciar com ele, mas para defendê-lo. Cada um com sua própria honra. Se a honra dele é manter o silêncio, a minha me obriga a preservar nosso nome de qualquer mácula.

E um dia, após ser pressionado com perguntas, ele exclamou:

– Vocês querem minha opinião? Aqui está, sem rodeios. Jean não raptou ninguém: ele foi seguido de bom grado. Ele se mantém em silêncio para não acusar uma pessoa que está morta, e com quem ele estava envolvido, estou convencido, em termos íntimos. Vamos procurar e vamos encontrar.

Ele de fato procurava muito, e dizia a Béchoux:

– Tenho amigos poderosos e dedicados em todos os lugares que estão envolvidos nesta investigação, uma investigação tão limitada quanto a sua, inspetor; já que nos falta, como para você, apenas uma prova: a famosa fotografia. O caso inteiro está aí. Uma conspiração foi formada, como sabem, entre o sr. Véraldy e os inimigos políticos de meu filho, ajudados por certos membros do governo, a fim de encontrar o documento que o destruiria. Tudo em seu apartamento foi revirado, toda a casa foi revistada. Véraldy ofereceu uma fortuna a quem pudesse dar uma pista útil. Vamos esperar. No dia em que o objetivo for alcançado, teremos a prova marcante de que meu filho é inocente.

Para Béchoux, não importava se havia inocência ou não. Sua missão era interceptar a fotografia, e Béchoux pensou que, se houvesse provas a favor de Desroques, seus inimigos saberiam como fazê-la desaparecer. Ele era um escravo de seu dever, e vigiava. Ele esperava pela cigana, que não vinha. Ele esperava por Barnett, que ficara invisível. E ele anotava as palavras do general Desroques, que, por sua vez, contava-lhe sobre seus sucessos, suas decepções e suas esperanças.

Um dia, o velho oficial, que parecia pensativo, interpelou Béchoux. Havia algo novo.

– Sr. inspetor, meus amigos e eu chegamos à conclusão de que a única pessoa que poderia dar uma opinião sobre o desaparecimento da fotografia é o guarda que bloqueou o caminho do meu filho no dia da prisão. Mas, curiosamente, ninguém podia nos dizer o nome deste guarda. Ele havia sido escalado, por sua delegacia de polícia, para prestar apoio à operação. O que aconteceu com ele? Não sabemos, pelo menos entre seus colegas. Mas sabe-se que tem um alto cargo, senhor inspetor, e estamos certos de que este oficial foi interrogado e que está sob vigilância diária. Presumo que sua casa também tenha sido revistada, e sua família, e todas as suas roupas, todos os seus móveis, foram examinados. E posso dizer o nome de um dos inspetores que estava encarregado desta busca? O inspetor Béchoux, aqui presente.

Béchoux não confessou nem negou. Em seguida, o general exclamou:

– Sr. Béchoux, seu silêncio me mostra o valor de minhas informações. Estou certo de que me atenderão, e que permitirão que você me traga este agente. Informe, por favor, quem tem essa autoridade. Em caso de recusa, eu avisarei...

Béchoux assumiu voluntariamente a missão. Seu plano não ia funcionar. E o que teria sido feito de Barnett? Qual o papel que ele desempenhava no caso? Barnett não era alguém que permanecesse inativo, e cedo ou tarde ele seria encontrado, mas já seria tarde demais.

Béchoux obteve plenos poderes de seus chefes. Dois dias depois, Sylvestre, o criado, anunciava Béchoux e o guarda Rimbourg, um homem bom, de aparência plácida, com um revólver e um bastão branco nos quadris.

A entrevista foi longa e não trouxe nenhuma informação útil. Rimbourg era categórico, ele não tinha visto nada. Entretanto, ele revelou um detalhe que fez o general entender porque este homem estava sendo vigiado: ele devia seu trabalho à proteção do deputado Desroques, que ele havia conhecido no regimento.

O general implorou, se irritou, ameaçou, falou em nome de seu filho. Rimbourg não se comoveu. Ele não tinha visto a fotografia, e Desroques, em sua agitação, nem mesmo o tinha reconhecido. O general cedeu, cansado.

– Eu agradeço – disse ele –, e gostaria de acreditar em você, mas há em suas relações com meu filho uma tal coincidência, que me enche de dúvidas.

Tocou a campainha.

– Sylvestre, acompanhe o sr. Rimbourg.

O criado e o guarda saíram. Ouviu-se a porta do vestíbulo se fechando novamente. Naquele momento, Béchoux, encontrando os olhos do general Desroques, pensou ver neles uma expressão zombeteira. Uma alegria insensata, que nada justificava. No entanto...

Alguns segundos se passaram, e de repente ocorreu um fenômeno desconcertante, que Béchoux contemplava com um olhar estúpido, enquanto o general sorria decididamente. Na soleira da sala, cuja porta tinha sido deixada aberta, uma forma estranha avançava, com braços que andavam de um lado e do outro da cabeça, um tronco redondo como uma bola, e duas pernas esbeltas que sacudiam em direção ao teto.

A forma se endireitou de repente, girou como um pião, na ponta de um pé, contra o qual o outro estava encostado. Era o criado Sylvestre, apanhado por uma loucura repentina, e rodopiando como um dervixe, sua grande barriga tremendo, com uma risada que saía de uma boca larga em forma de funil.

Mas era realmente o Sylvester? Béchoux, diante desta visão extravagante, começava a sentir sua testa gotejar. Era realmente o Sylvestre, aquele criado barrigudo com aspecto de notário provincial?

Ele parou, fixou seus olhos redondos e largos em Béchoux, desabotoou uma máscara que lhe cobria o rosto, desabotoou seu casaco e seu colete, desabotoou sua barriga de borracha, vestiu um casaco que lhe foi entregue pelo general Desroques, e, olhando novamente para Béchoux, expressou este severo julgamento:

– Béchoux, você é um otário.

Béchoux não se abalou. Por sua atitude piedosa, ele aceitava os piores insultos. Ele simplesmente concluiu:

– Barnett...

– Barnett – respondeu o outro.

O general Desroques deu uma grande risada. Barnett disse a ele:

– Você me perdoará, meu general. Mas, quando tenho sucesso, tenho transbordamentos de alegria que se manifesta em pequenos exercícios acrobáticos ou coreográficos perfeitamente ridículos.

– Então, foi bem sucedido, sr. Barnett?

– Acredito que sim – disse Barnett –, e graças ao meu velho amigo Béchoux. Mas não vamos deixá-lo esperando. Comecemos pelo início.

Barnett se sentou. Ele e o general acenderam cigarros, e ele disse alegremente:

– Bem, aqui está você, Béchoux. Foi na Espanha que recebi, de um amigo mútuo, um despacho pedindo minha ajuda para o general Desroques. Eu estava em uma viagem romântica, você se lembra, com uma senhora encantadora, mas o amor de ambos os lados começou a definhar. Aproveitei esta oportunidade para recuperar minha liberdade, e voltei na companhia de uma adorável cigana que havia conhecido em Granada. Gostei do caso de imediato, quando vi que você estava cuidando dele, e logo cheguei à conclusão de que, se houvesse alguma evidência contra ou a favor do deputado Desroques, estaria com o guarda que havia bloqueado a passagem. Agora, confesso a você, Béchoux, apesar de todos os meus meios de ação e de todos os recursos à minha disposição, que não consegui descobrir o nome deste bom homem. Como eu poderia fazer isso? Os dias se passavam. A provação se tornou difícil para o general e para seu filho. Apenas uma esperança: você.

Béchoux não se movia, aniquilado. Mais uma vez, ele se sentiu vítima da mistificação mais detestável. Sem remédio. Nenhuma reação possível. O dano estava feito.

– Você, Béchoux – repetiu Jim Barnett –, você obviamente sabia. Você tinha sido encarregado, nós sabíamos, de "infernizar" o guarda. Mas como atraí-lo até aqui? Isso foi fácil. Um dia, eu me coloquei no seu caminho. Fiz você me seguir até a praça do Trocadero, onde minha linda cigana estava posicionada. Algumas palavras trocadas em voz baixa, alguns olhares em direção a esta casa... e você caiu nessa. A ideia de me capturar, ou de deter a minha cúmplice, animou-o com um belo ardor. Seu posto de batalha era aqui, perto do general Desroques e perto de seu criado Sylvestre, ou seja, perto de mim – e assim eu podia vê-lo todos os dias, ouvi-lo e influenciá-lo através do general Desroques.

Jim Barnett se voltou para este:

– Meus cumprimentos, meu general, você agiu com Béchoux com uma sutileza e habilidade que evitaram suas suspeitas e nos levaram ao objetivo, ou seja, colocar à nossa disposição, por alguns minutos, o desconhecido guarda. Mas sim, Béchoux, alguns minutos foram suficientes. Qual era o objetivo? O seu? O da polícia? Do promotor público? De todos? Encontrar a fotografia, não era? E eu conhecia sua engenhosidade, e não tinha dúvidas de que suas investigações haviam sido conduzidas aos limites da perfeição. Portanto, não fazia sentido procurá-la em estradas que já haviam sido pisoteadas mil vezes. Você tinha que imaginar algo mais, algo anormal e extraordinário, e imaginá-lo *a priori*, para que no dia em que o homem chegasse aqui, ele fosse desnudado sem seu conhecimento, e num instante. As roupas, os bolsos, os forros, as solas, os saltos ocos onde pode se esconder um documento, tantas coisas banais. Tinha que ser... tinha que ser o que eu adivinhei, Béchoux. O impossível e o banal... o fabuloso e o viável... o esconderijo inconcebível, e ainda assim bastante natural, e correspondendo à profissão deste homem, e não ao ofício daquele outro. Agora, o que caracteriza um guarda civil no exercício de sua profissão? O que o distingue de um gendarme, um oficial da alfândega, um chefe de estação ou de um inspetor policial comum? Pense nisso, compare, Béchoux... Vou lhe dar três segundos, não mais... é tão claro. Um... dois... três... Bem, você descobriu? Você chegou lá?

Béchoux não tinha descoberto, de forma alguma. Apesar do ridículo da situação, ele tentou reunir seus pensamentos e evocar um guarda civil em serviço.

– Vamos lá, meu velho, você não está em boa forma hoje – disse Barnett. – Você, sempre tão perspicaz!... Devo eu mesmo colocar os pingos nos is?

Ele saiu da sala e voltou, equilibrando em seu nariz o bastão de um oficial, o bastão branco com o qual os policiais de Paris, como os de Londres, e como os do mundo inteiro, dominam, ordenam e governam as multidões, comandam os pedestres, travam o fluxo dos carros, os liberam e os conduzem; em suma, eles são reis da rua e donos da situação.

Barnett fazia malabarismos como se faz com uma garrafa, passando-o sob sua perna, atrás de suas costas, ao redor de seu pescoço. Em seguida, sentado, e segurando-o entre o polegar e o dedo indicador, ele falava com o bastão:

– Ó pequeno bastão branco, símbolo de autoridade, que tirei do cinto do agente Rimbourg para substituí-lo por um de seus inúmeros irmãos... Pequeno bastão branco, estaria eu enganado, ao suspeitar que você era o invólucro inviolável onde a verdade estava presa? Pequeno bastão branco, varinha mágica do feiticeiro Merlin, enquanto você parava o automóvel do nosso perseguidor, o magnata, ou do nosso adversário, o senhor ministro, foi você, não foi, quem segurou o talismã libertador?

Com sua mão esquerda, ele agarrou o cabo com ranhuras; com sua mão direita ele agarrou a dura parte revestida de cor cinza, e fez um esforço para desatarraxar.

– É isso mesmo – disse ele. – Eu adivinhei. Uma obra-prima difícil, quase impossível... Um milagre de habilidade e meticulosidade, que supõe que o agente Rimbourg tenha como um amigo um vira-casacas, como raramente se encontra. Por que prodígio foi possível esvaziar o interior de um bastão desta maneira, fazer um orifício que não o fizesse estourar, fornecer-lhe um rosqueamento impecável, fazer com que o fecho se agarre hermeticamente e o cetro do agente não vacile no cabo?

Barnett virou-se. O cabo desenroscou-se, revelando um canudo de cobre. O general e Béchoux observavam vorazmente. O objeto se dividiu em duas partes, a mais longa mostrando um tubo de cobre que deveria ir até o fundo.

As faces estavam crispadas, todos prendiam a respiração. Apesar de tudo, Barnett agia com alguma solenidade.

Ele virou o tubo de cabeça para baixo e bateu com ele em uma mesa. Um rolo de papel caiu.

Béchoux, lívido, gemeu:

– A fotografia... Eu a reconheço...

– Você a reconhece, não é mesmo? Cerca de quinze centímetros... destacada de sua moldura e um pouco amarrotada. O senhor gostaria de desenrolar você mesmo?

O general Desroques pegou o documento com uma mão trêmula, que não era de seu costume. Quatro cartas e um telegrama estavam anexados a ele.

Ele contemplou a fotografia por um momento e a mostrou para seus dois companheiros, explicando com uma voz que se encheu de infinita emoção, alegria e, pouco a pouco, de angústia crescente:

– O retrato de uma mulher, uma jovem mulher segurando uma criança em seu colo. Ela tem a própria expressão da sra. Véraldy... como retratada nas fotografias publicadas pelos jornais. Sem dúvida é ela, talvez nove ou dez anos atrás. A data está escrita aqui, e remonta a onze anos. A assinatura é Christiane, nome da Madame Véraldy.

O general Desroques murmurou:

– O que devemos pensar? Meu filho a conheceu então, antes de se casar?

– Leia as cartas, general – disse Barnett, segurando a primeira folha, usada nas dobras, que mostrava a caligrafia de uma mulher.

O general Desroques leu, e no início abafou um grito, como se estivesse descobrindo algo grave e doloroso. Ele leu avidamente, passando pelas outras cartas e pelo telegrama, que Barnett lhe oferecia à medida que ele ia avançando. Depois ele caiu em silêncio, seu rosto corado de angústia.

– Você pode explicar, general?

Ele não respondeu de imediato. Seus olhos ficaram molhados de lágrimas. No final, ele disse entorpecido:

– Há uma dúzia de anos, meu filho Jean amava uma jovem do povo, uma simples operária, com quem ele teve um filho, um menino, e ele queria se casar com ela. Estupidamente, por orgulho, me recusei a vê-la e me opus ao casamento. Ele ia desrespeitar os meus desejos. Mas a garota se sacrificou... Aqui está sua carta... a primeira...

Adeus, Jean. Seu pai não quer que nos casemos, portanto você não deve desobedecer. Seria uma má sorte para o nosso querido menino. Estou lhe enviando nossa fotografia. Guarde-a sempre, e não se esqueça de nós...

– Foi ela quem esqueceu. Ela se casou com Véraldy. Jean, quando foi alertado, enviou a criança para ser educada por um antigo professor, perto de Chartres, onde sua mãe ia várias vezes para visitá-la em grande segredo.

Béchoux e Barnett se inclinaram. Eles mal podiam ouvir as palavras que o general parecia estar pronunciando para si mesmo, enquanto mantinha seus olhos nas cartas em que o passado era revelado de maneira tão perturbadora.

– A última – diz ele – foi há cinco meses... Algumas linhas... Christiane confessa seu remorso. Ela adora a criança... Depois, nada mais... Mas há o telegrama, enviado pelo antigo mestre da escola, e dirigido a Jean: *"Criança muito doente. Venha."* E neste telegrama, estas terríveis palavras de meu filho escritas depois, e relatando o terrível resultado: *"Nosso filho está morto. Christiane se matou."*

Novamente o general permaneceu em silêncio. Os fatos, aliás, se explicaram. Ao receber o telegrama, Jean havia procurado Christiane e a levado, abalada, até o carro. No caminho de volta de Chartres, depois de abraçar seu filho morto, Christiane, em um ataque de desespero, cometeu suicídio.

– O que você decide, meu general? – perguntou Jim Barnett.

– Proclamar a verdade. Se Jean não o fez, foi obviamente para não acusar a mulher morta, mas também para não me acusar, pois fui responsável pela dolorosa história. Entretanto, embora ele estivesse certo de que o mestre da escola em Chartres não o trairia, nem o guarda Rimbourg, ele ainda queria que esta verdade não fosse destruída, e que o destino colocasse as coisas em seu lugar. Portanto, você teve sucesso, sr. Barnett...

– Eu consegui, general, graças ao meu amigo Béchoux, não o esqueçamos. Se Béchoux não tivesse trazido o agente Rimbourg e seu bastão branco, eu teria perdido o jogo. Agradeça a Béchoux, meu general.

– Agradeço a ambos. Você salvou meu filho, e eu não hesito em cumprir meu dever.

Béchoux concordou com o general Desroques. Impressionado pelos acontecimentos, deixando de lado todo o respeito próprio, ele desistiu de interceptar os documentos que a polícia estava procurando. Sua consciência como homem pesava mais que sua consciência profissional. Mas quando o general se retirou para seu quarto, aproximou-se de Barnett, bateu-lhe no ombro e disse abruptamente:

– Você está preso, Jim Barnett.

Ele disse isso em um tom sincero e convencido, como um homem que sabe perfeitamente que sua ameaça é inútil, mas que, no entanto, a faz por escrúpulos, e para não se desviar de sua missão, prender Barnett.

– Falou bem, Béchoux – respondeu Barnett, estendendo sua mão. – Falou bem. Aqui estou eu, preso, contido e derrotado. Ninguém poderá te censurar. Agora, se você consentir, eu fugirei, o que faria jus à sua amizade por mim.

– Béchoux respondeu, com aquele tipo de candura que o fazia simpático:

– Você está à frente de todos, Barnett... você tem a melhor mente de todas. O que você fez hoje foi verdadeiramente um milagre. Ter adivinhado isso! Ter adivinhado, sem nenhuma pista, um esconderijo tão improvável como o bastão de um guarda!

Barnett bancou o ator:

– Bah! A atração pelo ganho estimula a imaginação.

– Que ganho? – observou Béchoux, preocupado. – O general Desroques não lhe oferecerá nada.

– E eu recusaria! Pois a agência Barnett é gratuita, não vamos esquecer.

– Então?

Jim Barnett foi impiedoso.

– Então, Béchoux, olhando a quarta carta pelo canto do meu olho, soube que Christiane Véraldy, desde o início, havia contado tudo lealmente ao seu marido. Portanto, sabendo do caso anterior de sua esposa e da existência de uma criança, ele enganou a lei ao não informá-la, e isto com o objetivo de vingar-se de Jean Desroques e enviá-lo, se possível, para o cadafalso. Uma maquinação assustadora, você deve admitir. Você acha, então, que o rico Véraldy não ficaria feliz em comprar uma carta tão infame? E que, se um bom homem, desejoso de abafar um novo escândalo, lhe oferecesse gentilmente, você acha que Véraldy não daria um bom bonito por ela? Por sorte, coloquei-a no bolso.

Béchoux suspirou, mas não teve forças para protestar. Desde que a inocência triunfasse, que o erro fosse corrigido e o crime punido, de uma forma ou de outra, não era isso o principal? E deve ser dada tanta importância a estes pequenos crimes dos últimos anos, que, afinal de contas, sempre foram às custas dos culpados ou dos criminosos?

– Adeus, Barnett – disse ele. – Veja, é melhor não nos encontrarmos novamente. Eu acabaria perdendo toda a minha consciência profissional. Adeus.

– Adeus, então, Béchoux. Eu entendo seus escrúpulos. Você é um homem de honra.

Alguns dias depois, Béchoux recebeu esta missiva de Barnett:

> *Seja feliz, meu velho. Embora você não tenha capturado aquele malandro do Barnett, como prometeu, nem interceptado a fotografia, como lhe foi ordenado, eu defendi seu caso tão bem, demonstrei tão bem sua central importância no caso, que finalmente consegui que você fosse nomeado para o posto de brigadeiro.*

Béchoux fez um gesto de fúria. Dever um favor a Barnett, isso era admissível?

Mas, por outro lado, poderia ele recusar que a sociedade recompensasse o mérito de um de seus melhores servidores, quando não tinha dúvidas de seus méritos?

Ele rasgou a carta, mas aceitou a promoção.